Michelle Tourneur

La folle ardeur

roman

Fayard

Couverture : Nuit de Chine
Illustration : Eugène Delacroix, *Portrait de George Sand*,
© Ordrupgaard, Copenhagen.

ISBN : 978-2-213-70963-5

à H.S., artiste parmi les artistes.

« Nous sommes faits comme cela, nous autres artistes, bilieux et nerveux. Nous bondissons comme vous dites à la manière des volants et des balles élastiques. C'est dire que nous touchons la terre un instant pour remonter plus haut dans le ciel… »

George Sand, lettre à Eugène Delacroix

« Ce beau Nohant, si beau parce que vous y êtes ; envoyez de ma part à tous ses arbres mes tendresses d'ami. Vous savez comme j'aime les jardins, les fleurs. Je crois que c'est pour ça que je vous aime tant. »

Eugène Delacroix, lettre à George Sand

« Mes anges terminent leur nouveau roman : *Gabriel*. Elle va écrire aujourd'hui toute la journée dans son lit. Tu sais, tu l'aimerais encore plus si tu la connaissais comme je la connais à présent. »

Frédéric Chopin, lettre à Grzymala

1

Nohant, Berry. Juin 1842.

Il est ici, enfin.

Il s'est décidé à boucler l'atelier pour affronter la lourdeur de l'air, la diligence bondée, la raideur des banquettes, la poussière qui colle à la peau et s'infiltre sous les vêtements ; pour découvrir, au rez-de-chaussée de la maison, la grande chambre claire qu'elle lui a fait préparer.

À son arrivée il faisait nuit. Tous ont accouru dans la lueur des lanternes. Les chiens même l'ont reconnu. Il a ri avec les jeunes gens. Il a sorti de sa malle un plant de datura fastuosa, des cigares de la Civette du Palais-Royal, et regretté de n'avoir pu glisser comme prévu une petite toile entre les bagages. Il a avoué son émotion de les retrouver là, ainsi qu'il les retrouve chaque semaine à Paris. Il a peu parlé ensuite, au dîner. Elle le surveillait. Il avait les traits creusés. Elle s'était doutée qu'il supporterait mal le voyage.

Constitution délicate lui aussi, a-t-elle pensé. Les grands travaux décoratifs sur les édifices publics mettent ses forces à rude épreuve.

– Vous allez pouvoir vous reposer, Eugène. Marcher, manger, respirer. Papet, notre médecin, passera vous voir. Nous avons à la ferme du bon lait et de la crème délicieuse. Dans quelques jours vous serez un autre. On se fait chez nous des forces de lutteur de foire.

Elle l'a informé que le lendemain lui serait porté un chocolat dans sa chambre et, plus tard, une collation solide.

Il a été impressionné par ce luxe. Ou plutôt, cela lui a rappelé des impressions très anciennes. Bordeaux, la préfecture, le père notable, le grand service. Il vit de peu présentement. Sa famille a été ruinée, il est forcé à la frugalité. Ce qu'il gagne lui sert à acquitter le loyer de l'atelier et le prix des fournitures, exorbitant. Quant au reste, bouillon, fromage ou poisson frit acheté aux ambulants du quartier. Et une seule paire de bas de soie pour sortir. Parfois, un flacon d'eau de senteur de chez Chardin-Houbigant.

Au vu de son élégance dans le monde pourtant, personne ne se douterait.

Avant de se retirer, il a pris avec Chopin l'infusion de tilleul qui calme les nerfs et que les enfants refusent. Chopin ne s'est pas beaucoup exprimé non plus. Par instants, il sortait de sa rêverie. Il l'appelait « cher ami, mon cher Delacroix », le regardant comme s'il mettait sa présence en doute. Elle l'avait prévenu à demi-mot de cet état : « Nous vous attendons avec une impatience pleine de bonheur. Venez donc, cher bon petit. Mon Chopinet est bien heureux et bien agité de vous attendre. »

À cette heure il est probable qu'il dorme. Que tous soient endormis

Elle ne l'est pas.

La nuit est un voyage. L'écriture s'y déploie au fil des heures comme un ruban qu'on dévide dans un compartiment fermé : la chambre. La « happy place ». Sur la table, sous la table, des cartes ouvertes et un arsenal de gros livres d'histoire.

La voie est libre devant George Sand, les heures lui appartiennent.

Elle a rejoint ses « bonshommes ». Figurants en nombre autour de la petite bohémienne, Consuelo à la voix rare et au cœur pur. Née sous ses doigts alors qu'elle pensait à Pauline, l'amie cantatrice fidèle entre tous. D'abord logée dans une simple nouvelle, Consuelo s'est changée en l'héroïne d'un gigantesque feuilleton destiné à *La Revue indépendante*.

Voilà plus d'un an que le personnage rayonne, se déplace, déjoue les pièges des fourbes, attendrit les puissants par sa simplicité inspirée.

Péripéties à rebondissements, lumières sur les canaux de Venise, brumes sur les châteaux de Bohême. Phénomènes extatiques et pouvoir d'un violon magique. Les chapitres défilent. L'histoire court, sinue et repart. Le style « a ses hauts et ses bas », elle sait, elle l'a écrit à Flaubert, son vieux troubadour qui peaufine. Trop, d'après elle. Il faut fournir. Chaque quinzaine, une poignée de chapitres à livrer. Le feuilleton fait vivre la *Revue* et les lecteurs affamés ne se satisfont plus d'une lecture par mois, ils l'ont signifié.

Consuelo la douce consolatrice, un peu d'elle, dans son souci constant du bonheur des êtres. Beaucoup de Pauline Viardot, à travers le pouvoir de la musique.

Le livre baigne dans la musique.

Elle aussi, à chaque instant, bien que la maison, ce soir, soit silencieuse.

Tandis qu'elle est au travail, une pensée revient et s'impose, insistante : il est arrivé. Eugène, « l'important et toujours aimable ». Étrange, ces deux mots qu'elle a posés spontanément à son propos. Qui se répètent, comme s'ils en attendaient un autre. Lequel ? L'irrésistible. Oser le formuler. Beau, brillant, arrivant pour un séjour à la campagne en tenue de dandy. Capable d'oublier l'amertume de sa situation dès qu'il est en confiance, et exubérant alors. Charmeur avec les femmes. Dur, dans ses jugements de lecteur, elle ne l'ignore pas.

Multiple.

Il n'a pas apprécié le deuxième volume du *Compagnon du Tour de France* écrit sous l'influence du philosophe Leroux. Pas plus que Chopin, exaspéré par le petit peuple des cordonniers, des tisserands, des teinturiers, des ébénistes et des autres, qui passent à toute heure dans leur logis commun, offrir leurs vers à celle qu'ils tutoient comme leur égale. Eugène n'a pas commenté *Le Compagnon*. Il s'est contenté de le faire dédicacer à l'intention de sa maîtresse et cousine, la baronne de Forget. Mais Consuelo, au contraire, l'a touché au cœur.

> Je ne vous ai pas dit combien je l'aime. C'est votre type le plus pur... Couvez-la bien, cher génie, cette aimable fille de vos plus belles inspirations.

Elle se souvient de sa lettre à ce sujet.

Elle se souvient de la première fois entre eux, surtout. Huit ans plus tôt. Lui, bouillant jeune peintre requis pour une commande officielle. Elle, arrachée à ses sanglots d'amoureuse par son éditeur Buloz, désireux d'offrir à ses lecteurs le visage inconnu de la romancière.

Lui, trente-six ans. Elle, trente. On l'a informée qu'Eugène Delacroix a peint en 1830 une grande toile représentant *La Liberté guidant le peuple* dans Paris insurgé. Que l'État a acheté ce tableau. Qu'en dépit de cette haute distinction, il est la bête noire de la direction des Beaux-Arts, et qu'à chaque Salon il subit un feu croisé d'invectives. Elle n'en a pas trop saisi la raison. Elle est perdue, égarée. La violence des scènes vécues avec Musset, au retour de ses bordées chez les filles, lui obscurcit encore l'esprit. Les nuits blanches, les larmes, ont altéré ses traits. Elle n'a plus de visage. Elle n'a plus la lourde parure de cheveux sombres à disposer en grappes avec une poignée de myosotis et des rubans pâles pour envoûter ses amants. Dans une crise de délire halluciné, elle a coupé ses cheveux et les a envoyés à Alfred en signe de deuil.

Pourquoi vouloir la représenter dans cet état ?

« Eugène Delacroix est votre voisin, il vit au 15, quai Voltaire. Vous n'aurez que quelques pas à faire pour monter chez lui. N'ayez crainte, il est homme du monde, il saura vous accueillir », a indiqué Buloz.

Laide. Un teint de désastre. Le corps amaigri, l'orgueil brisé.

Elle est si peu sortie depuis une semaine que l'air extérieur la blesse. Décliner ce rendez-vous, le refuser purement et simplement. Mais comment refuser au grand stratège de presse qui peut hausser la cote d'un écrivain ou la mettre en péril, à son gré ? Tout ce qui compte dans le milieu littéraire à Paris est soumis à l'impérieux pouvoir de Buloz, chacun le sait. Balzac lui-même l'a appris à ses dépens.

Elle a coloré ses joues à la pâte de roses, parfumé au patchouli le châle oublié sur le lit, l'a jeté sur sa veste de tous les jours sans passer devant le miroir.

C'était novembre. Une fumée blanche s'échappait du bateau-lavoir, le ciel était plombé, une odeur de cendres humides flottait dans l'air et les rives du fleuve répandaient un froid pénétrant. Elle a marché en somnambule le long du quai. À l'entrée de l'atelier, la chaleur échappée du gros poêle l'a oppressée. Devant elle, ni fouillis d'objets, ni accessoires de pacotille comme elle s'y attendait, mais des moulages à l'antique sur des sellettes, des chaises dépareillées, un gros fauteuil sans style.

Au mur, à terre, une profusion d'esquisses et de toiles aux couleurs éblouissantes. Le peintre se tenait sur le seuil pour l'accueillir, il a paru surpris, elle l'a été aussi.

2

Nohant. Minuit sur la campagne silencieuse.
La chambre au rez-de-chaussée.

Une sensation d'absence vient de réveiller le voyageur endormi.

Huiles, vernis, pigments, essences, il y a longtemps qu'il ne sent plus ces odeurs à l'atelier, mais au plus profond du sommeil, leur disparition l'a dérangé. Où se trouve-t-il ? Les oreillers sont moelleux, les draps sentent le trèfle, l'été. Il a l'esprit engourdi, le dos zébré de courbatures. « Je me fais un Nohant en imagination qui, naturellement, n'aura pas le moindre rapport avec celui que je vais trouver. »

Eh bien voilà, il y est. Nohant. Le refuge.

À l'instant lui revient la longue façade apparue dans l'obscurité, lorsque le postillon l'a sorti de sa torpeur en lui annonçant à tue-tête la fin du voyage. La salle à manger illuminée. Les portraits en cadre d'or. L'escalier en forme de cœur et l'enfilade des chambres à l'étage, celle de Chopin capitonnée pour le protéger des bruits de la maison. La sienne, boiseries peintes, parquet à la hongroise passé à la cire. Une très accueillante et vaste chambre.

Il se lève, repousse les rideaux. Des nuages translucides passent et s'étirent devant la lune, entre les grands tilleuls.

Le parc, derrière les orangers en caisse, l'attire. Il a depuis toujours une passion pour les arbres. Il ira marcher seul à travers champs et dans le petit bois. Elle lui a souvent parlé du petit bois. Elle dit que se tient sous le couvert le dieu protecteur de son enfance, Corambé.

Est-elle en train d'écrire à l'heure qu'il est ? Édifie-t-elle un château enveloppé de brume, quelque part dans le flot du temps, alors que la clarté de la lune inonde la façade ? Il pressent. Il voit. Tous deux ont la disposition unique de partager ces vibrations à distance. Depuis huit ans leurs relations s'inventent et se réinventent à travers cette faculté.

Depuis leur rencontre officielle à l'atelier, exactement.

Huit années pleines, déjà, que la baronne Dudevant, George Sand, auteur de romans à scandales qu'on se dispute dans les cabinets de lecture, s'est présentée à lui pour répondre au désir de Buloz, son éditeur. « Pas très grande, des yeux magnifiques, une chevelure brune somptueuse, avait-il précisé. Elle parle peu, vous serez déconcerté par ses silences. Par certaines réflexions encore plus. Inutile d'avouer que vous n'avez pas lu *Lélia*, si c'est le cas, elle saura instantanément. Elle saisira. »

– Monsieur Lacroix ? Je n'ai pas eu jusqu'ici le plaisir de vous rencontrer.

Il la revoit, transie, sur le pas de la porte. Les cheveux courts, les yeux cernés, un foulard lâchement noué autour du cou. Elle porte sous son châle la tenue de bousingot qu'arborent les rebelles et les populaires. Lui est en habit de ville, il n'aime pas le surcot de toile qui entrave les gestes, il n'a rien changé à ses habitudes.

– Monsieur, je dois vous dire que je suis en deuil. J'ai l'air bête et vieux. Ce rendez-vous ne me semble pas opportun.

– N'ayez crainte. Poser apaise. La vérité d'un visage se révèle au fil des heures.

Il ne cherche pas à s'expliquer davantage. Il précise seulement que le portrait sera exécuté sur bois, dans des dimensions réduites pour faciliter la transposition en gravure attendue par Buloz impatient de le présenter dans sa revue.

Elle accepte sans un mot la cigarette de paille parfumée qu'il lui propose. Il n'a pas eu à chercher longtemps pour connaître les goûts de son modèle. Un croquis de Musset la représentant en train d'aspirer la fumée dans le tuyau d'ambre d'un narguilé a couru tout Paris.

– Si vous voulez bien… ici l'éclairage est bon.

Elle est docile, atone, orientée de trois quarts comme il le lui demande. La lumière la fait cligner. L'éclat du jour à travers la verrière trouve les reliefs, révèle l'expression dévastée du visage.

Ressentir, attendre. Rien ne presse, tout peintre au travail arrête le temps. Il la trouve jeune, beaucoup plus qu'il ne l'imaginait, jeune et pathétique dans la vérité de sa détresse. Il juge que ce teint blême et ce regard perdu ne s'accommoderont pas de couleurs fortes. Des tons assourdis, un sépia en camaïeu, plutôt. Il jette quelques traits, le poignet souple, le souffle accéléré à mesure que s'impose la cadence du dessin.

De loin en loin elle lance une phrase brève qui le déconcerte.

– Avez-vous déjà connu le désespoir après une rupture amoureuse ?

La voix est mate. Les mots ont une force de pénétration saisissante, ils font surgir un visage qu'il croyait oublié. Julie, « la cara », partagée avec un autre, si proche de lui que la découverte en a été ravageuse. Il parle peu en général pendant les portraits. À la saison humide surtout, sa laryngite risque de se réveiller, il doit ménager sa gorge. Les modèles le savent.

De la même voix mate, elle revient à la charge.

– Que faites-vous quand cela vous arrive ?

– Rien ! Je ne fais rien, je m'abandonne. Le désespoir m'abat, il me tue. Quand il en a assez, il se lasse.

Elle affirme que le sien ne la quittera pas, que c'est une passion d'artiste qui rend fou. Un brasier. Un enfer. Il se met à son tour à évoquer les états extrêmes auxquels les humains sont exposés. Ses fièvres à lui, par exemple. Subites, violentes, le laissant à terre pour des jours. Depuis l'enfance, elles l'assaillent à l'improviste sans qu'aucun médecin ait pu en déceler la cause.

– Je ne les redoute pas, en réalité. Mes fièvres servent mon travail, elles sont pourvoyeuses de chimères.

– Peut-être dans ce cas les cultivez-vous sans le savoir ?

– Peut-être. Qui peut le dire ?

Elle l'irriterait. Elle l'irriterait par son don de divination, si elle ne le fascinait.

Tout portrait est une capture, le peintre est capturé à son tour. Il lui semble qu'elle confonde sa vie avec ce qu'elle s'apprête à écrire, et que peu à peu il y prenne place lui-même. À mesure qu'elle lui entre dans l'œil, son expression absente devient attention, l'attention le cerne.

À brûle-pourpoint, elle extirpe de son sac une relique. Un carnet relié de maroquin, frappé d'initiales entrelacées.

– Alfred de Musset dessine, sans doute en avez-vous entendu parler ? N'importe où, n'importe quand, il dessine, il a ce don-là aussi. Il les a tous, en plus de celui de se détruire.

– J'ai déjà eu l'occasion d'apercevoir des dessins de Musset, en effet.

Il prend le temps d'ouvrir le carnet, feuillette, note une ressemblance entre la vivacité des croquis et certaines gravures de Goya qu'il serre dans ses portefeuilles d'estampes.

– Voyez... liberté du dessin, mordant du trait, ils ont ces qualités-là l'un et l'autre. Goya est un incendiaire de génie, Musset est très doué. Il aurait pu être un grand peintre s'il avait travaillé.

– Musset crée dans la désinvolture, il travaille peu.

– Et lorsqu'il écrit ?

– C'est en état de transe. Musset a l'oreille extraordinairement musicienne. À Venise, par temps de tempête, il allait écouter le fracas de la mer avant de se mettre à l'écritoire.

3

Les dessins jetés, rapides, d'Alfred sous le regard pénétrant d'Eugène Delacroix. L'espace de quelques secondes, elle avait cru voir les deux hommes face à face, elle s'était presque sentie intruse.

Les images et les ombres se déplacent avec la légèreté de souffles dans une maison où on écrit. La nuit surtout. Les cloisons deviennent poreuses, les miroirs capturent des présences, les meubles craquent, le silence parle. Depuis sa « happy place », George Sand distingue ce que distingue son invité. Il peint sans interruption. Elle est assise, un coussin de plume derrière les reins. Elle fume. Des volutes légères tournent et montent au plafond, les enveloppent tous deux.

Jamais elle n'a été regardée de cette manière.

À son arrivée, hagarde et serrée dans sa veste pour affronter le froid du quai, elle n'a rien aperçu de ce qui brusquement lui saute au visage. Sur les tables, sur les murs, les escabeaux, des galops, des bonds, des éclats, des nuées onduleuses, des lavis liquides. À même le sol, un portrait de tigre et une fantasia arabe. « Il y a deux ans, avait exposé Buloz, Delacroix a accompagné le comte de Mornay dans son expédition en Afrique du Nord. La lumière l'a envoûté. Il a rapporté de là-bas une quantité impressionnante d'aquarelles et de croquis. Il paraît qu'il a dessiné jusque sur la selle de son cheval. À Alger, il a peint des femmes dans leur appartement. J'ai vu la toile au Salon ce printemps. Mystérieuse. On y repense... Je ne vous envoie pas chez un artiste académique, celui-ci ne pratique pas le style lissé, il ose, il innove. Il saura déceler qui vous êtes, c'est ce qu'attendent vos lecteurs. »

Vraiment ? Pourquoi avait-elle accordé si peu d'importance aux explications de Buloz ?

Et pourquoi, de prime abord, a-t-elle nommé le peintre Lacroix, en estropiant son nom avec une désinvolture, une indifférence presque offensantes ? Comment n'a-t-elle pas remarqué immédiatement l'homme ? L'allure, le port, l'œil bridé étincelant, semblable à celui du tigre qu'elle ne quitte pas des yeux ?

Il a lui fallu du temps pour se ressaisir. Des silences pour avouer que l'Orient l'avait appelée elle aussi, irrésistiblement, qu'elle le rencontrait partout à Venise. Dans les parfums de musc et de rose et dans l'or des mosaïques ; dans la splendeur des étoffes vendues au fond de boutiques profondes comme des chambres de courtisanes. Certains soirs plus mystérieusement encore, au bord de la douane de mer balayée par le vent du large.

– Ici, sur les quais de Seine, on ne peut pas imaginer l'éclat de la lumière à certaines heures là-bas.

– Combien de temps y avez-vous passé ?

– Une année entière. J'y ai souffert, j'y ai écrit trois romans. Il fallait bien vivre.

Prononcer le nom de la Sérénissime l'émeut encore.

Par un effet de coïncidence inattendue, une immense toile au fond de l'atelier réveille un point sensible dans sa chair et l'attire. Renversés sur un lit rouge, des femmes nues et des chevaux de race sont offerts à l'œil indifférent d'un prince plongé dans l'ombre. La luxuriance du décor semble sortir de la ville qui l'ensorcelle encore.

Quel titre, cette toile emportée par un courant sauvage ? Pourquoi cette apparente mise à l'écart ? Quelle gêne ou quels regrets qui ne s'avouent pas ?

– Choisissez-vous vos titres à l'avance ou s'imposent-ils seulement à la fin ?

La précision de la question semble irriter le peintre, elle s'en aperçoit trop tard. À moins que ce soit de la voir à ce point hypnotisée par le tableau. Sans attendre, il a rangé le portefeuille d'estampes et repris place devant le chevalet.

– Il s'agit de *La Mort de Sardanapale*. La légende veut qu'au moment d'être fait prisonnier dans Babylone le tyran ait fait exécuter sous ses yeux ses trésors, ses chevaux et ses femmes. Byron a écrit un drame sur le sujet.

– La littérature vous inspire-t-elle souvent ?

– Parfois.

Il est tout à coup d'une distance glaciale.

– Cette toile est une œuvre de jeunesse, je la garde chez moi, elle ne quittera pas l'atelier. Reprenons, je vous prie.

4

Jamais elle n'aurait dû apporter le carnet de maroquin à l'atelier. Ni prêter l'oreille aux commentaires élogieux du peintre sur les dessins de Musset. C'était la fine analyse d'un maître, ils n'ont fait que raviver la douleur.

À traverser l'étroite rue qui sépare le quai Voltaire du quai Malaquais, elle a eu la sensation de se jeter dans le vide.

Elle a traîné un peu au-dehors, posé un sou dans la casquette tendue d'un jeune ramoneur en haillons, acheté une grosse botte d'œillets rouges et allumé toutes les chandelles en rentrant.

Les jours sont courts en novembre. L'excitation de l'attente amoureuse n'habite plus l'intimité du petit logis sous les toits. Musset ne reviendra pas. Le pâté aux pommes de terre du Pays Noir sur lequel il se jette comme un enfant, à peine la porte ouverte, ne tiédit plus dans le four. Restent le martèlement des pas d'oiseaux sur les chenaux de zinc.

Les deux écritoires. Les fenêtres jumelles qui donnent sur les acacias et les lilas d'un grand jardin à l'abandon.

Où traîne-t-il à cette heure, le débauché, le fumeur de haschich, le page blond qui rime comme il respire ? Qui séduit-il ? A-t-il versé des larmes en trouvant le flot de cheveux sombres dans l'enveloppe ? Va-t-il répondre en italien, en vers, ou dans une lettre embuée de regrets plus fugaces que ses visions de fantômes ?

Ou bien pas du tout, jamais ?

Il faut ranimer le feu sans tarder, sortir le soufre du placard pour enflammer les feuillets qui traînent à terre. Les vieux murs se refroidissent vite ici, surtout par temps de pluie.

Ne plus repousser les obsessions qui tournent dans la pièce et assaillent l'esprit en cherchant une forme. Allongée sur le lit, les pieds sur la bassinoire brûlante, écrire. Écrire à en perdre le sens …

> Ô mes yeux bleus, vous ne me regarderez plus ! Belle tête, je ne te verrai plus t'incliner sur moi et te voiler d'une douce langueur !
> Mon petit corps souple et chaud, vous ne vous étendrez plus sur moi…

Heures lentes, détachées du temps. Images, images en rafales.

Le peintre, très droit au milieu de ses toiles, l'œil étincelant derrière les paupières plissées, la gorge protégée par une écharpe rouge. Il scrute son modèle, il ne fait que cela quand il lève les yeux.

Elle ne déteste pas la prison du regard. Elle s'y abandonne.

Qui voyait-il exactement pendant la séance ? Qui est-elle à présent, seule, dépossédée, loin de sa maison d'enfance et de ses terres de famille encore administrées par Casimir, alors qu'un contrat de démariage a été dûment établi ? Jeune romancière scandaleuse. Jeune amoureuse trahie. Jeune mère privée de ses enfants et calomniée par la rumeur publique.

Peut-être tout cela se lira-t-il dans le miroir déformant du portrait ?

Quant à lui le peintre, svelte, racé, et parmi ses fauves, impénétrable, quelles pensées cachait-il derrière sa conversation policée ?

Elle n'a pas touché au pâté de pommes de terre. Elle a avalé du café, fumé encore, et en simple jupon sous la grosse couverture de laine, sombré dans le sommeil, longtemps.

À son réveil, la pièce s'est refroidie. Un brouillard couleur de suie est monté du fleuve qui étouffe la ville et ranime par contraste le mirage de l'immense toile au fond de l'atelier.

Brasier étincelant de roux, de roses, de grenats, de carmins et d'ors, assiégeant les gris éteints de l'ombre. Orient rêvé du fond de l'hiver sombre de Paris.

– Reprenons, voulez-vous.

Non, elle n'ira pas reprendre la pose quai Voltaire.

Elle tourne en rond, le regard rivé au ciel sans couleurs. La pluie attire les oiseaux, ils viennent boire dans l'assiette creuse posée sur l'appui de la fenêtre. Le tapis blanc, les plafonds bas, les deux pièces étroites lui font un refuge douillet. Ils ne la protègent pas contre la sensation mortifère d'être abandonnée. Que disait-il lui à ce propos ? Le désespoir m'accable, il me tue, quand il en a assez, il s'en va.

Expéditive, la réponse.

Sardanapale, les chevaux, les esclaves nues jetés sur le lit du prince aux portes de la mort. Elle n'a pas lu ce drame, mais la poésie de Byron lui est familière. *She walks in beauty*, le merveilleux poème, avait ravivé un jour son amour de la langue apprise chez les dames augustines anglaises. Lui aussi, Lord Byron, avait cédé au sortilège de Venise en s'installant, pour raison d'amour fou, dans un palais au bord du Grand Canal. Depuis sa mort héroïque à Missolonghi, son œuvre et sa personne inspirent les artistes.

Pourquoi le peintre a-t-il choisi ce sujet entre tous ? Quelle attirance mêlée de brutalité envers les femmes ?

Il a parlé sans parler pendant la séance. Elle a fait de même. Chacun s'est protégé, mais par éclairs quelque chose a filtré. Quelque chose d'impérieux qui traverse et subsiste, comme le mal de ressentir, l'esprit qui s'enflamme, le feu créatif réveillé. Pourquoi ne pas poursuivre l'entrevue ici, une fois l'air réchauffé et le ménage accompli ?

L'unique miroir accroché entre les deux fenêtres renvoie à George Sand le reflet peu flatteur de son teint livide et de son regard éteint. Ne plus se complaire dans cette morbidité, ne plus promener ce deuil dans la pièce. Reprendre le fil, imaginer.

En pantalon de satin et pantoufles brochées or, par exemple, inviter Eugène Delacroix devant les flammes dansantes d'un punch, les rideaux tirés sur le jour terne de la ville.

À monsieur Delacroix 15, quai Voltaire. Vendredi.
Je suis encore malade.
Si vous ne l'êtes pas demain à votre tour, voulez-vous remettre la séance jusque-là ?
Si vous aviez une heure à perdre de 5 à 6, vous seriez bien aimable de venir la passer avec moi. Tout à vous. George.

5

Sous le disque laiteux qui blanchit la chambre ouverte sur la fraîcheur de la nuit passent à grande vitesse des visages de femmes. L'une est flamande, splendide carnation de blonde. L'autre, traits fins sous un chapeau de satin rouge. La troisième, blême derrière la fumée de cigarette.

« Si vous aviez une heure à perdre », proposait sans détour le billet déposé à l'atelier du peintre.

Qu'espérait-elle exactement de cette visite du soir ?

Que se serait-il passé s'il était monté au petit logis sous les toits déserté par Musset le magnifique ? Une heure à perdre, il lui aurait fallu en inventer des kyrielles pour rattraper le retard pris dans le travail depuis des semaines.

Était-ce par un effet du sort, alors que venait de le bouleverser la mort de son neveu Charles de Verninac, qu'avaient afflué le même jour toutes ces sollicitations féminines ? George Sand, éperdue, inconnue, le conviant pour un cinq à sept à deux rues de là. Joséphine de Forget, sa maîtresse, venue l'inviter à partager sa loge le soir même au Théâtre-Italien. Et ces trois coups frappés à la porte suivis d'un autre, grêle : Myrrha. Le signal inventé par Myrrha pour se distinguer des autres modèles.

Pourquoi celle-ci, maintenant ?

Il a pesté, il a hésité, il a ouvert :

– Toi, mais qu'est-ce qui t'arrive ? Je ne t'attendais pas.

Elle est confuse, oh elle ne voudrait surtout pas déranger mais voilà, elle a attrapé un mauvais rhume avec de la fièvre. Son grand châle de tricot a dû rester quelque part ici, oublié. Depuis longtemps, depuis le dernier après-midi de pose exactement, c'était le printemps précédent. Elle lui sourit.

– En avril, vous vous souvenez ? Cette chaleur qu'il avait fait d'un coup. Drôle de temps, je me demandais…

Elle a une manière à elle, familière, de lui parler et de sourire. Elle connaît tant de lui, forcément, à se fondre dans ses silences, à entendre son souffle changer quand une vision le submerge. À suivre la dégringolade des bûches dans le poêle qu'il charge comme un brasier de forge dans sa crainte constante des refroidissements.

Lui aussi sourit. Lui non plus n'a pas oublié le coup d'éclairage subit à travers la verrière.

L'euphorie dans l'air. Les cheveux clairs, la chair de modèle blond illuminés par le caprice d'avril.

– Ne reste pas ici. Entre, il fait glacial, on prend la mort dans cet escalier !

– C'est que je voudrais pas vous passer le mal, il est mauvais.

– Tu as du travail en ce moment ?

– Une Vénus et rien d'autre. Il se fait trop d'histoire dans les grands ateliers, y en a que pour les hommes et les jeunes garçons.

Elle avance prudemment sous le regard étincelant du chat qui la tolère. Elle épie, méfiante, jalouse comme toujours, ce qui s'est tramé en son absence dans l'effervescence du grand volume. Aperçoit le petit portrait posé sur le chevalet, inachevé. Habits ternes, pas de seins, pas de transparences, la figure à moitié tournée.

– Elle est pas du métier, celle-ci, ça se voit. Qui c'est qui lui a coupé les cheveux de la sorte ?

– Le désespoir amoureux.

– Et ses yeux... opium, regardez !

– Non, du tout, tu te trompes, beau regard embué de songe. Riche de merveilleux. Imagination créatrice, tu ne peux pas comprendre.

– Et pourquoi donc ?

Elle s'éloigne, blessée, flairant soudain quelque chose qui le touche et qui la dépasse.

Elle s'écarte comme d'un danger de l'intimité du portrait.

Combien plus puissamment, quelques années plus tôt, il avait peint son corps laiteux jeté sur le lit rouge. Et combien elle avait su jouer sa partie, elle aussi, écrasée à plat ventre, les bras ouverts, la nudité offerte sur des étoffes à goût de poussière, dans la montée des crampes peu à peu se changeant en douleur. Jusqu'au dernier coup de brosse sous la lumière qui commence à décliner ; jusqu'au tressaillement attendu de lui, attendu d'elle, « ce frisson favorable et délicieux qui précède les bonnes occasions ».

– Myrrha, carina mia...

– Quoi donc ? Que me voulez-vous ?

– Hypocrite. Tu le sais. Toi...

Refus joué, pots renversés, écroulement à même le sol. Délices d'atelier.

Il l'a noté avec volupté en italien dans le carnet, « dolce chiavatura ».

Où traîne maintenant le tissu rouge de Sardanapale ?

Dans quelle armoire remplie de céramiques bleues et de poignards d'argent gravés de symboles et de signes indéchiffrables ? Le tissu doit être flétri. Ces fêtes enchantées se font de plus en plus rares, mais ce sont ces fêtes furtives qu'il préfère. Celle-ci, Myrrha, un miracle d'ardeur.

Et Émilie, la brune à la poitrine magnifique, aux épaules charnues, qui posa pour les *Massacres de Scio* et pour la *Liberté*. Et Laure, la caressante. Elles sont son sang, son œuvre, la splendeur délectable de l'instant retenu. Son pinceau, avant sa main, connaît les courbes de leur corps.

– Prends ça, du miel pour ta gorge.

– Je peux ?

– Et ne sors plus tout à l'heure si rien ne t'y force, il fait âcre dehors, le temps ne se lèvera pas.

Elle remercie pour le miel et pour le châle dans lequel elle s'enveloppe avec grâce. Il admire, malgré la fièvre qui creuse les traits, le charme du modèle à quatre francs réclamé par tous les ateliers. Il ne va pas monter au logis sous les toits, quai Malaquais. Il reprend le petit portrait, seul, sans l'intéressée, dans le ton prévu de sépia mordoré.

Portrait d'âme blessée. Regard habité par le futur d'inspirations qu'il pressent déjà. Dans l'angle droit l'ombre déchirée projette un éclat sur le visage. Et une touche de bleu pur se pose, qu'il ne prévoyait pas.

6

... Cagliostro, vous le savez, avait l'art de montrer aux gens crédules des tableaux, ou plutôt des miroirs magiques, sur lesquels il faisait apparaître des personnes absentes. Il prétendait les surprendre dans le moment même, et révéler ainsi les occupations et les actions les plus secrètes de leur vie...

Cagliostro, magicien et escroc fameux, est entré dans la chambre d'écriture avec le hululement de la chouette au sommet du sapin. C'est toujours vers cette heure-là que l'oiseau nocturne se fait entendre. Il arrive que l'appel interrompe une phrase et que George Sand l'écoute en avalant une gorgée d'eau sucrée. Parfois en croquant un carré de chocolat.

« Des tableaux, ou plutôt des miroirs magiques. »

Le roman a croisé ses territoires familiers, rien d'étonnant, ces rencontres sont habituelles.

Les mots jaillis sous la plume l'ont ramenée au visiteur ami de ce soir et au portrait-miroir de novembre.

Inspiré. Terriblement dérangeant, ce tableau. Témoin tangible de la mort de son amour et de son désespoir. Elle l'a à peine regardé en quittant l'atelier. Et Musset est revenu quai Malaquais – tu le sais, George, la réalité n'est qu'une ombre, c'est notre folie qui enchante notre amour. Je reviens, je reviens pour rester.

Puis il est reparti, puis il a menacé de la tuer, puis elle l'a revu en décidant de ne plus le voir.

Puis elle lui a écrit qu'il pouvait se damner sans elle.

> Mon Dieu, à quelle vie vais-je te laisser ? L'ivresse, le vin, les filles, et encore, et toujours ! Mais puisque je ne peux plus rien pour t'en préserver, faut-il préserver cette honte pour moi et ce supplice pour toi-même ?

À bout de forces et de raisonnement, elle s'est réfugiée à Nohant.

Le portrait a dû attendre quelque part chez Buloz, ou dans les locaux encombrés de la *Revue des Deux Mondes*. Elle s'est efforcée de le chasser de son esprit. Jusqu'au jour où Luigi Calamatta, graveur de talent pressenti par l'éditeur pour achever le travail, a insisté pour rencontrer le modèle.

Elle n'a pas refusé. Le goût de la vie lui est revenu. Calamatta, brillant élève d'Ingres, rival et critique acerbe d'Eugène Delacroix, a l'œil vif, la truculence italienne. Il se garde bien d'aborder le sujet à son arrivée, mais dans un français sonore où roule l'accent de Civitavecchia, il parle de son pays natal. De la mer, des lauriers-roses, de la source aux-cent-miracles qui rend loquaces les muets. Il saute du coq à l'âne, il la fait rire.

Entre eux se trouve le portrait d'âme perdue.

Elle n'en a pas touché mot. Lui non plus. Mais il y vient. Il fait remarquer que la belle chevelure brune a retrouvé sa vigueur. Que le visage lisse ne porte plus trace du désarroi saisi quelques mois plus tôt par le portraitiste. Il flatte, il louvoie, il braconne sur les terres de l'autre. Il s'immisce et il finit par proposer une séance de pose.

Peut-être n'aurait-elle pas dû entendre la suggestion. Ou peut-être bien désirait-elle l'entendre. Peut-être cherchait-elle désespérément à écarter de sa mémoire le petit portrait, témoin sensible de son désespoir amoureux. Parce que à tort ou à raison elle a accepté de poser pour l'Italien. Il l'espérait, il jubile.

Sans attendre, il modifie le teint, retouche la coiffure, la ligne des sourcils. Il joue en virtuose avec les blancs et les noirs veloutés comme il sait le faire. Le travail sitôt achevé, il livre sa version personnelle accompagnée de la mention : *Designato e inciso da me Calamatta.*

La gravure parue dans la *Revue des Deux Mondes* ne porte aucune trace du nom du peintre Eugène Delacroix.

Buloz accaparé ailleurs a laissé passer la faute, le peintre est hors de lui, il le fait savoir, l'éditeur est confus, il met en cause la romancière.

> Je suis bien fâché de cela : Delacroix est un aimable homme et je trouve que Calamatta a tort... C'est désobliger bien gratuitement Delacroix et nous brouiller, vous et moi, avec un homme qui a été obligeant avec nous...

La chouette vient de hululer à nouveau.

Au Pays Noir, les langues affûtées assurent que son chant fait surgir des vérités enfouies chez ceux qui l'entendent. Elle s'interroge. Ses pensées étaient-elles honnêtes et claires, alors ? Exprimait-elle la vérité lorsqu'elle affirmait au couple Buloz avoir accordé en toute innocence les séances à l'Italien ?

> Je déclare sur l'honneur que je les ai crues nécessaires pour tout portrait gravé. Calamatta me l'a dit et je ne me suis pas imaginée d'en douter.

Troubles étaient ses raisons alors, flottante était cette période de son existence. Eugène et elle ont bien failli ne plus jamais se revoir à la suite de cette trahison notoire. Lui n'a pas cherché à la rencontrer. Elle a tenté de le relancer avec des envois. Une ballade idiote écrite à la campagne. Le dernier roman mis à flot. Un petit serpent de bronze, sinueux et vivant comme une chevelure de femme, acheté près du Palais-Royal.

Elle a multiplié les inventions jusqu'à sentir un soir, en ouvrant grande sa porte à l'auteur de *La Liberté guidant le peuple*, que rien, entre eux, n'était irrémédiable.

Il venait de le lui exprimer. Le froid était rompu.

Dimanche 1 heure

J'arrive, chère madame, et je vous remercie de votre bonne invitation.

Je serai chez vous tantôt à 6 heures, n'est-ce pas ?… Vous avez manqué de bien peu de chose une fameuse épître de moi, après avoir achevé André l'autre jour, et qui devait commencer par « femme admirable ».

Mais nous ne sommes pas encore assez vieux amis pour que j'ose être aussi ridicule avec vous que mon humeur du moment me le fait être souvent… Adieu, chère madame, et à tantôt.

Je ne puis cependant m’empêcher de vous parler du joli serpent. Les premier jours j’en étais véritablement fou.

7

« Mon cher Lacroix », disait le court billet qui a fait suite presque aussitôt. De celui-là elle n'a pas oublié une ligne et pour cause, c'était la première fois qu'elle se risquait à lui parler peinture.

Elle avait à s'absenter très tôt le lendemain matin. Elle était pourtant passée en coup de vent au Salon, sachant qu'une grande toile de lui remuait déjà tout Paris et scandalisait la critique. Le sujet, *Médée furieuse* serrant contre elle ses deux enfants, beaux et potelés comme des putti de fresque italienne, avait bouleversé son cœur de mère.

Elle avait écrit d'un trait, submergée par la puissance de la scène et par l'éclat de lumière dorée jeté comme un coup de lance dans l'ombre de la grotte :

... Je voudrais bien ne pas partir sans vous dire adieu, sans vous parler de Médée qui est une chose magnifique, superbe, déchirante : décidément vous êtes un sacré « barbouilleur ». Pour vous décider à venir ce soir, je vous dirais que Chopin nous joue du piano en petit comité, les coudes sur le piano ; et c'est alors qu'il est vraiment sublime... Venez à minuit si vous n'êtes point trop dormeur. Adieu, si vous ne venez pas, souvenez-vous de m'aimer un peu.

Lacroix...

Pendant un temps, elle avait sciemment cultivé l'erreur du premier jour, comme on protège un code de reconnaissance.

Inattendus, légers, les billets transitant entre son nouveau gîte de la rue Pigalle et l'atelier du peintre avaient trouvé un ton, ils se multipliaient. Ils n'auraient fait que brasser du vent s'il n'avaient contenu la convocation précieuse entre toutes : minuit, venez et venez seul. Vous êtes de ceux très rares que nous désirons accueillir. Les chandelles seront soufflées. L'attente des fidèles, Liszt, Meyerbeer, Heine, Mickiewicz, Berlioz, Pauline Viardot, quelques Polonais avec ceux-là, religieuse. Après les cours donnés dans les hôtels du faubourg Saint-Germain, le cabriolet de Chopin le déposera à la porte. Il entrera. Il saluera brièvement, il se mettra au piano.

Aujourd'hui elle sait, elle ne l'ignore pas, qu'après l'épisode blessant du portrait le peintre n'avait désiré la revoir que pour rencontrer Chopin.

Pour les mirages éblouissants déployés un soir chez Pleyel par ce sylphe de vingt-huit ans devant un parterre subjugué. Eugène en était. Envoûté par la fougue d'exécution, par les éclats et par les miroitements où il lui semblait retrouver ses propres visions ; touché par la gracilité de ce jeune homme qui lui rappelait Charles, son presque frère, le doux Charles de Verninac tout récemment disparu. Eugène avait adoré la musique et le musicien. Il avait éprouvé l'envie de le rencontrer personnellement. On lui avait appris peu après la nouvelle rocambolesque de sa liaison avec celle dont il avait fait le portrait à l'automne. Il s'était mis à répondre assidûment aux invitations.

Rue Pigalle, il se confiait. Il était bavard, gai, familier. Il s'offrait de longs apartés avec Chopin. Aucun des trois ne se passait plus de ces moments. Et les billets échangés à tout propos pétillaient d'inventions.

Elle à lui

Comment, scélérat, vous êtes revenu depuis trois jours et vous ne venez pas me voir et c'est moi qui vous rends visite ? Ah ! Eugène, je vous croyais le cœur plus sensible. [...] Voyons cher brave vieux, venez ce soir rue Grange (Batelière) 15. On y danse le cachucha, la tarentela, la tragala, nous y danserons, si vous voulez, le malapou.
Adieu, à ce soir.

Lui à elle

... Je tâcherai de vous aller voir ce soir et de me mettre aux pieds de vos pieds dont j'adore les pantoufles, les bas et les jambes (ceci est de l'arabe). Un mot de vous si je ne vous vois pas et amitiés bien vives...

Eugène 2  +

8

Elle sursaute. On a frappé à la porte de la chambre.

Chopin entre, il ne dort pas, le clair de lune le gêne lui aussi. Il se dit heureux de l'arrivée d'Eugène et de l'air citadin que sa présence vient d'introduire dans la maison. Depuis la veille, il s'interroge sur ce qu'il va lui jouer en préambule et ne peut décider. Les deux dernières mazurkas, la quatrième Ballade inspirée de Mickiewicz, peut-être ?

Elle le dévisage. Il est très pâle. L'appel de l'oiseau nocturne le touche toujours, comme il le touchait l'été à Zelazowa Wola, lorsqu'on sortait le piano sous les arbres pour accueillir les paysans venus l'entendre de tous les villages voisins. Lorsque les violons tziganes et les danses se déchaînaient à sa suite, dans les vapeurs de la vodka servie jusqu'au petit jour à l'assemblée électrisée.

La scène est revenue, turbulente, joyeuse, avec le remords lancinant d'avoir quitté le pays. Les visages, ceux de sa mère et de ses sœurs. Celui de Marie, la fiancée virginale, dans un flou si indistinct qu'il ne parvient plus à en retrouver les traits. Vous aurez à partir, avait dit Zwiny, le vieux maître tchèque. Malgré la nation qui se battra pour garder son enfant prodige, vous le ferez tôt. À Paris, vous découvrirez le plus grand Opéra du monde, les voix vous enchanteront, elles ne vous quitteront plus. Mais n'oubliez pas Bach et Mozart, nos maîtres.

C'était écrit : « Demain, je traverserai les mers... »

La maison de Nohant est sereine à cette heure, mais isolée.

Les fermes et les mares ensorcelées ont disparu dans les buées du soir. Paris, les passages, les vitrines, les chaussures de bottiers, les gants blancs doux comme des ailes de colombe présentés sur des mouchoirs de batiste, toutes les surprises, tous les enchantements de la ville, se sont effacés. L'adoration des élèves envers leur « exquis artiste », aussi.

Il faut à Chopin dépaysé s'assurer d'être vraiment là.

Dans le halo tremblotant de la bougie, il contemple la carafe d'eau sucrée. Les volutes de cire tiède au fond de la bobèche. Elle à sa table, poursuivant Cagliostro dans les escaliers d'un château de Bohême d'où monte le son d'un violon fou.

Il reste, il est présent peut-être depuis longtemps. Elle est penchée sur la feuille. Souveraine, elle conduit le ballet. Il caresse ses cheveux. Les doigts de pianiste de Chopin lissent la douceur de l'opulente chevelure qui croule dans le cou. Il aperçoit ce que lui seul aperçoit lorsqu'il joue. Du givre sous une lumière d'hiver, des chemins bleuis par la lune, des ombres en mouvement, légères comme l'étaient celles des grands arbres au-dessus de l'enfant prodige dans les soirées heureuses de Zelazowa Wola. Il voit, et la nuit violette se déchire : Aurora, les enfants, la maison, lui apparaissent dans la clarté nacrée d'un conte de Grimm.

Il va falloir garder la féerie de cette vision opalescente.

Trouver les accords. Avec *leggerezza*, échafauder le Palais Blanc, sans poids, sans arêtes et sans ombres, sous un ciel d'hiver clouté d'étoiles.

Et si les mots se présentent un jour, les lui écrire.

> Votre jardinet est tout en boules de neige, en sucre, en cygne, en hermine, en fromage à la crème et en dents de Maurice.

9

Poésie : magie blanche.

« Je suis parfois si fou que c'en est effrayant... »

Le monde des contes où le dur se change en rosée et le fluide en cristal, où la féerie se joue de l'impossible, est le monde de Chopin. C'était le cas lorsqu'un carrosse tiré par quatre chevaux venait le prendre, à dix ans, pour le mener au palais du Belvédère et que derrière les rideaux de damas rouges brodés d'or, le grand-duc Constantin, tyran haï frère du tsar de Russie, s'apaisait à l'instant où l'enfant se mettait à jouer. Ce l'était lorsqu'il avait improvisé d'un trait sur le thème imposé de la Dame Blanche devant les Viennois médusés. Ou bien à son arrivée à Paris, quand la ville phare tant attendue lui avait offert la voix de la Malibran-Garcia dans Mozart, son dieu.

Et tandis que seul, pauvre, désespéré, sans soutien, il s'apprêtait à un nouvel exil vers l'Amérique, les fées veilleuses avaient tendu d'invisibles fils pour le conduire sur les boulevards. Il y avait rencontré le prince Valentin Radziwill. Le prince se rendait à une importante réception chez James de Rothschild, il l'avait emmené. On avait distraitement prié le jeune exilé de se mettre au piano. Aux premiers accords, l'agitation et le brouhaha avaient cessé, l'émotion avait bouleversé les visages.

Deux jours plus tard tout le boulevard Saint-Germain bruissait du nom de Chopin. Les élèves fortunés venaient en procession demander des cours.

Il ne s'en était fallu que de quelques semaines, après le triomphe retentissant du récital organisé par Pleyel, pour que le jeune inconnu se changeât en dandy parisien.

Quelques semaines seulement pour qu'il s'installât avec son ami d'enfance, Jas Matuszynski, dans le calme harmonieux d'un beau quartier. C'était subit, inopiné, démesuré, cela l'amusait. Les cravates de soie à triple tour, les redingotes mauves ou gris perle de chez Dautremont emplissaient les placards de l'appartement de la rue de la Chaussée-d'Antin. Il expédiait des colis de luxe à Varsovie. Il sortait. Il dînait. Il offrait des fleurs et des soupers fins à la Maison Dorée. Il recevait ses amis très tard, chez lui, à sa convenance.

Il improvisait, illuminé par ses visions, après avoir donné des leçons payées chacune vingt francs-or chez les Rothschild ou chez la princesse de Beauvau.

L'argent qui affluait ne comptait pas en soi, mais valait pour le paradis domestique qu'il lui offrait, et parce que ces rentrées mirobolantes le dispensaient de donner les récitals honnis. Il avouait sans honte détester ces récitals. S'y sentir sur le point de défaillir.

Aux réceptions du grand monde où on se disputait sa présence, il se disait antibousingot et carliste. De son allure de prince blond, de son accent léger, de son humour, émanait un charme irrésistible.

Il forcissait un peu, très peu, à ce régime. Il lui semblait même qu'il toussât moins.

> Me voilà lancé ! Je fais partie de la plus haute société, j'ai ma place marquée au milieu de princes, d'ambassadeurs, de ministres, sans savoir moi-même comment j'y suis arrivé !...
> Si j'étais plus sot que je ne le suis, je me croirais à l'apogée de ma carrière.

Gloire. Gloire absolue et confort cultivé contre les offensives imprévisibles du *zal* slave.

Mais guérit-on de la nostalgie par l'absorption des philtres euphorisants de la gloire ? Guérit-on des bronches quand ni les boissons émétiques, ni les eaux de Reizneck n'ont réussi à apaiser l'inflammation chronique de l'enfance ?

Certains soirs de solitude, Chopin porté aux nues ne parvient pas à réchauffer son froid à l'âme dans le salon de la Chaussée-d'Antin.

> « Mon cœur bat pour ainsi dire toujours en syncopes, et je m'en plains, et je voudrais une pause… »

10

Une pause ou peut-être une rencontre.

Quelqu'un, une femme libre, le guette depuis son monde de bohème. Il déteste ça, la bohème. Et l'excentrique, le provocant, le débraillé tout autant, il ne supporte pas. Contre les suggestions pompeuses du tapissier Moreau, il a choisi pour se meubler des pièces du XVIIIe siècle français célébré par son père. Tons pastel, meubles marquetés, cartel de laque, que les « boutiquiers en nouveautés d'intérieur » ne songent plus à proposer.

George Sand observe et s'informe. Elle capte les atmosphères. En matière de musique, elle a un sens instinctif d'animal sauvage à l'affût. Dans sa petite enfance, elle se blottissait sous le clavecin de sa grand-mère. Lorsque Liszt est au piano elle se replie sous l'instrument pour sentir la vibration des accords passer sur sa peau. Mais elle ne pense qu'à Chopin. Progressivement, l'obsession lui est venue de ce jeune Polonais au génie étrange, un artiste, un vrai, ce qu'elle révère, ce qu'elle préfère, et cette idée fixe la fait souffrir.

On connaît la liste de ses amants, les élans mystiques qui la traversent dans les intermèdes.

On sait sa liaison du moment avec Mallefille, « une cire malléable » qu'elle a promu précepteur de son fils Maurice. Mallefille est à Nohant. Elle ne s'y trouve que de passage. Du fond des ombres de son parc elle imagine ce qu'elle n'a jamais connu jusque-là, un amour à la crête de l'émotion artistique. Elle pourrait, s'il y consentait, avec ce jeune visionnaire, inventer une passion aux franges de la réalité.

Elle vient à lui, tourmentée, belle, vêtue d'une robe blanche et d'une veste brodée à brandebourgs. Liszt et Marie d'Agoult, ses compagnons de ce soir-là, ne mesurent pas l'intensité de son attente.

Il est effrayé. Elle lui déplaît, elle le ressent. Elle s'enfuit, ils se revoient, le trouble rebat les cartes. À l'instant où ils vont « s'abandonner au vent qui passe », le fantôme voltigeant de la fiancée Maria Wodzinska s'interpose, un souffle les sépare. Pour quelle raison obscure ? Les fiançailles ne sont que de flous souvenirs. Chopin lance les mots de pureté, de sacrifice. Au nom de quelle fêlure secrète, de quelles entraves qu'il ne parvient pas à exprimer ? « Il craint le monde, il craint je ne sais quoi. Je respecte chez les êtres que je chéris ce que je ne comprends pas... »

Elle respecte, mais elle analyse.

Elle interroge dans une lettre interminable, osée, illogique, baroque, « effrayante », adressée au comte Grzymala, le confident à qui elle ose tout dire.

> ... Il me semble faire fi, à la manière des dévots, des grossièretés humaines et rougir des tentations qu'il avait eues, et craindre de souiller notre amour par un transport de plus... Quelle est donc la malheureuse femme qui lui a laissé de l'amour physique de pareilles impressions ?

Peut-être la passion qui fait le corps brasier ne fut-elle pas de la partie. Peut-être Chopin habite-t-il le *cantabile* de son piano où nul humain n'est en mesure de le rejoindre.

Peut-être néanmoins pourrait-elle tenter de le revoir au moins une fois encore.

> Il a été question pour moi d'aller à Paris... Ne dites rien au petit. Si je viens je vous avertirai et nous lui ferons la surprise.

La voici, ce n'est pas vraiment une surprise.

Elle a traité fermement avec son éditeur Buloz au sujet des sommes qu'il traîne à lui verser, comme toujours. Elle sonne au 5, rue de la Chaussée-d'Antin. Le décor est luxueux, très éclairé. Le valet de chambre a achevé sa journée, il a disparu. Jas Matuszynski est sorti exercer sa profession de médecin. « Le petit » est seul, il a pressenti la visite, ses dons de médium l'en ont averti. Il ouvre, perdu dans les hésitations de sa conscience tourmentée.

L'intelligence, l'habileté suprême, consistent à ne rien dire. À ne pas froisser l'air, à se tenir immobile dans la fluctuation des courants qui traversent l'espace.

Regard clair du jeune Polonais. Regard d'elle hypnotique, derrière la fumée de cigarette. Buste appuyé au piano, frôlant les cheveux clairs au-dessus des petits doigts noueux qui engloutissent le clavier en fondant les notes en une seule coulée sonore.

Il joue des airs tristes du bord de la Vistule. Il joue sans s'interrompre, hanté par la certitude d'avoir trahi un pays de troïkas perdues dans la neige et de maisonnettes en bois aux charpentes toutes de guingois. Un pays blessé, sans cesse soumis à la fatalité des destructions et des partages. Il ne voit pas celle qui vient d'entrer. Il ne voit ni décor ni présence. Il perçoit la tiédeur de son souffle comme il perçoit les respirations dans les concerts au point que parfois il suffoque. Et à l'instant il sent ses yeux à elle chercher les siens. Son corps tendu l'appeler. Ses yeux ne plus le quitter. Un torrent d'énergie le pénètre et le réchauffe. Assiégé, submergé par ces regards, il chancelle.

Il ne connaît rien de l'amour.

11

Il est encore tôt. Au pied du lit, la malle du voyageur voisine avec le fauteuil capitonné qui fut celui de la comtesse Dupin de Francueil. Dans la pénombre, le gros bagage a la forme d'un animal couché. Longtemps à l'atelier, il a hésité sur les diverses tenues à emporter pour ce séjour à la campagne. Joséphine de Forget est montée tard, après un dîner, lui faire ses adieux. Elle apportait un gilet de flanelle anglaise contre la fraîcheur des soirées au jardin.

– Prenez un plaid, n'oubliez pas, la nuit sera longue j'imagine. Finalement, emmènerez-vous votre chat Cupidon ?

– Finalement non. Cupidon est invité mais c'est un fugueur. S'il s'échappe dans les champs, je ne le retrouverai pas. Il reste ici.

– Combien d'heures de trajet exactement ?

– Vingt-six dans la diligence des Messageries royales jusqu'à Châteauroux. Un peu moins de trois ensuite dans la patache.

– Pensez-vous que George Sand ait les mêmes horaires à la campagne qu'à Paris ?

Il a répondu que, bien sûr, il ne peut en être autrement. Les habitudes de travail de George Sand sont coulées dans le bronze, le lieu importe peu.

– Écrivez-moi. Ne m'oubliez pas au milieu de cette famille remuante.

Nohant, le domaine à l'écart du monde où passent tant de grands noms, intrigue Joséphine de Forget. George Sand la captive. Elle dévore chacun de ses ouvrages. Elle réclame des dédicaces. Elle scrute l'écriture régulière et rapide comme on cherche la clé d'un secret scellé.

Son charme à elle s'assortit d'élégance et de blondeur suave. *Le Journal de la mode et des demoiselles* décrit la fantaisie de ses chapeaux et ses robes de soie à ruchés. Elle est toute beauté, mais elle s'inquiète. L'énigme des relations entre son amant et l'auteur d'*Indiana* ne la laisse pas en repos. Ils se reçoivent, ils ont des amis communs, à tout moment ils vont au spectacle ensemble. La loi des artistes s'affranchit des interdits, elle n'est pas celle de chacun, quelle sorte de lien Eugène entretient-il avec la romancière la plus libre et la plus audacieuse de son temps ?

Elle s'interroge, mais comment pourrait-elle imaginer leur façon libre, poétique, inspirée, capricieuse, de zigzaguer ? Ce que George écrit au « cher œil noir », toujours curieux et impatient de la lire : les élans et les doutes, le travail, les errances troubles des rêves nocturnes, la beauté des fleurs au jardin. L'attention à tout ce qui vit, à tout ce qui vibre. Rien n'est exclu, rien n'est convenu. Les mots jaillissent de l'humeur. Les sujets se croisent mais s'il devait s'arrêter, lui, sur une seule de ces lettres, ce serait celle où dansent les lumières du fantasmatique amour pour Chopin.

Car, étrangement, il y est présent.

Elle à lui, 1838

... Je suis toujours dans l'ivresse où vous m'avez laissée. Il n'y a pas un seul petit nuage dans ce ciel pur, pas un grain de sable dans notre lac. Je commence à croire qu'il y a des anges déguisés en hommes, qui se font passer pour tels, et qui habitent la terre quelque temps pour consoler et pour attirer avec eux vers le ciel de pauvres âmes fatiguées et désolées, prêtes à périr ici-bas. [...] Je suis là dans un pays où le hasard de la promenade m'a conduite et qui se trouve si beau, si enchanté, si délicieux, que je ne puis plus songer à en sortir et que j'y couche à la belle étoile, sous les arbres en fleurs, sans prévoir le temps des pluies et sans me bâtir une demeure comme Robinson Crusoé.

Mais aussi :

...Vous m'avez griffonné de belles petites pages, où, tout en courant, vous avez mis votre cœur et votre esprit... Vous le savez bien, je serais folle de vous si je ne l'étais d'un autre...

Et encore :

... Il y a eu quelqu'un de bien pâle en voyant votre lettre dans mes mains.
Je devais la montrer, c'était une charmante délicatesse de votre part dont j'ai bien senti toute l'exquise bonté. Cette lettre a été comme de l'ambroisie pour ce quelqu'un, et il vous adore et répète qu'il tiendrait la chandelle si... Va-t'en voir !...

Lui à elle

(sous une pluie de flocons volant au bas des mots)

... J'ai sur le cœur d'être parti sans vous avoir embrassée et vous trouverez à la fin de cette lettre une foule de petits ronds que j'ai couverts de baisers en espérant que vous en feriez autant pour me dédommager...
Baisez donc mes petits ronds, je vous prie, en souvenir de moi.

[...] Accordez-moi et conservez-moi dans votre affection toute celle que vous pouvez me donner dans cette vie passagère. Vous n'aurez pas affaire à un ingrat, je vous assure.

Lui plus tard, de Normandie

(dans l'esprit des *Mille et Une Nuits*)

... Quand le soir [...] je m'endors dans mon lit, cet ami, ce refuge, j'entre dans ma vie antérieure. Je suppose qu'alors le corps se repose, et que c'est l'âme qui se promène. Imaginez que ma chienne d'âme est trois fois sur cinq avec vous et toute âme qu'elle est, se conduit de la manière la plus inconvenante [...] J'étais peut-être Sultan et vous vous appeliez peut-être Zuleika ou Zétsubé, Gromufils, peut-être ! Voyez ce qu'engendre la solitude, d'abord des lettres d'une longueur assommante et qui vous fatiguent les yeux, puis les rêves fous...

Qui s'amuse ? Qui se déguise ? Qui se délecte à transcrire les divagations érotiques de la nuit ? N'est-ce vraiment qu'un jeu ? Ou bien alors...

Va-t'en voir !

Les longues, très longues lettres, sont le balcon sur lequel ils sortent pour aérer leurs vies surchargées d'obligations et respirer les vents qui dépaysent.

Mais pour parfumer ce bol d'air à toutes les senteurs d'une vraie campagne, ce qu'il leur faut au surplus, c'est Nohant.

*

Le roulement d'une charrette chargée de foin destiné aux chevaux a retenti bruyamment dans la cour. Pistolet et Jessie, les chiens, ont aboyé du côté de la grille. Le voyageur n'a pas encore quitté sa chambre, il tend l'oreille, on vient de frapper deux coups à sa porte : démarche lente, coiffe immaculée, tablier noué sur les reins, une servante apporte le chocolat chaud.

Qui s'amuse à raconter, dans les dîners parisiens, que ces domestiques en tenue du pays mettent chez George Sand une atmosphère de couvent ?

– Je vais vous allumer le feu. Le matin, les chambres sont froides chez nous, même en été.

Il dit avec grande politesse que c'est inutile, qu'il n'a pas besoin de feu à cette heure-ci.

Elle l'observe de près, ce nouveau, comme elle les observe tous. Non, elle ne l'a jamais vu, celui-ci. Ses vêtements sont posés dans leurs plis sur le fauteuil et la pièce est dans un ordre méticuleux. Il regarde franchement dans les yeux quand il parle. Il impressionne.

– Monsieur a été prévenu pour le repas ? Ce sera entre dix et onze heures.

Offert au caprice de chacun, le déjeuner. Gibier, plats de terroir, puddings à l'anglaise, riz au lait, tartes à la crème fraîche et aux fruits du jardin.

Liberté d'horaires, vie de château…

Un peu plus tard, Chopin, les enfants, sortiront en ordre dispersé sur la terrasse. Polyte, le gros demi-frère paillard, viendra proposer en riant une partie de billard. Il y aura d'énormes ballots de linge rentrés du jardin, des victuailles livrées, des conciliabules en patois sur le pas de la porte. Madame est passée hier à la lingerie et à la cuisine. Elle a vu le jardinier au sujet du plant de datura à repiquer. Elle a insisté sur l'arrosage. Les tâches sont distribuées, chacun est à son poste. Elle est enfouie dans le sommeil.

Étonnant que lui, le citadin enfermé nuit et jour dans le bouillonnement de l'atelier, se fonde si facilement dans ce train de maison provincial. Il le désirait. Il imaginait cela. La paresse dans la paix des champs. Et George, Chopin, le son velouté du grand Pleyel, à volonté.

> … Vous voir et vous entendre, végéter près de vous… le calme près de vous pour mater mes maudits nerfs… Ne préparez rien pour moi, ne

dérangez rien pour moi… Dites à mon cher petit Chopin que les parties que j'aime c'est la flânerie dans les allées en parlant de musique et le soir sur un canapé à entendre quand le Dieu descend sur ses doigts divins…

Les doigts divins apaisent la tension excessive. Ils « entrouvrent la porte merveilleuse ». Ils chassent le grand Noir embusqué dans les profondeurs.

C'était ce qu'il avait follement voulu peindre un jour à Paris, persuadé qu'il y parviendrait.

12

**Paris 1838, rue Pigalle la nuit,
les pavillons dans la verdure.**

On se croirait presque à la campagne. Tout près de là pourtant les restaurants et les théâtres, les grands cafés à miroirs et à stucs où les lionnes en chasse guettent les joueurs de Bourse, ont fermé leurs portes depuis peu. Les omnibus ne roulent plus, les usuriers douteux officient. Paris repose dans l'ombre.

La journée a été lourde mais la soirée s'est rafraîchie. On a soufflé les chandelles, ranimé les braises du feu engourdi. Les bonds des flammes éclairent inégalement les meubles et les visages. Aux premiers arpèges, une force occulte traverse l'espace, Chopin déploie la matière fluide qui repousse les contours. Irisations, transparences, mélodies slaves interrompues, reprises, réinventées ; ascensions chromatiques vertigineuses. Parmi les motifs qui diffluent et se fondent les uns dans les autres, ils perdent les limites de leurs corps. Ils se perdent, jusqu'au moment où la main du pianiste, au-dessus du clavier, se fige dans les vibrations en fuite, attendant qu'elles s'évaporent et qu'il ne reste rien. Rien d'autre que le vide et l'absence.

George Sand se tient près de lui. Robe de soirée, cheveux parfumés aux fragrances de fleurs blanches : jasmin, tubéreuse, dont il raffole. En quelques mois ils sont devenus, elle teint mat et lourds cheveux sombres, lui mince et blond, des amants de légende. L'assistance les contemple, hypnotisée. Eugène, parmi les autres.

Il ne s'exprime pas lorsque tout se termine. Il est troublé, il assure qu'il repassera. Quoique harassé le soir, il se change, traverse à pied les rues vides et revient s'immerger dans la beauté du bain sonore. La saison tourne. Un air desséché asphyxie la ville, des odeurs fétides montent des caniveaux. C'est éprouvant au point que les riches propriétaires ont fui à la campagne.

Un jour il demande à peindre ce qu'il a sous les yeux.

– Un double portrait. Si vous vouliez bien venir poser ensemble à l'atelier.

Et ce n'est pas tout. Parce que « la musique est la volupté de l'imagination », parce que la couleur, sa passion, est « la musique du tableau », parce que par extraordinaire musique et peinture pourraient se fondre et que cette séance hors du commun déjà lui emplit le regard, il demande qu'on monte le piano à l'atelier.

Il veut le couple chez lui, comme il le contemple chaque soir rue Pigalle. Elle silencieuse, un sourire mystérieux aux lèvres. Lui au clavier, jouant. Il faut que Chopin improvise et que George se tienne entre eux, comme ces femmes indolentes dont il avait traduit la soumission à un maître invisible. Celles des harems qui n'écrivent pas, ne sortent pas, ne confient leur nom à personne, mais réveillent indéfiniment le désir.

Ils sont venus.

Il les a installés au milieu des toiles. La chaleur lourde s'accroît d'heure en heure derrière la verrière. Il pose les volumes. Griffonnages rapides, nerveux, à son habitude. Du piano s'échappent des figures fluides comme les tons d'un lavis. Le *tempo rubato* distend l'espace, il est envoûté. Il abandonne le dessin, il prend la brosse. À touches fiévreuses, il peint le visage de Chopin emporté par l'inspiration. Il peint George de profil, les yeux baissés, une cigarette entre les doigts, comme il avait représenté la femme d'Alger à la fleur rose, penchée sur le parfum sucré du narguilé. Il ne cherche pas les traits mais la féminité de sa présence traversée par la musique. Le noir des cheveux, le noir de la robe, font jaillir la lumière des épaules et des bras nus.

George-Aurora irradie. Chopin, tout près d'elle, ne sait plus qu'il est là.

Il pose derrière eux un fond rouge doré, mouvant, très chaud.

La température monte encore, il souffre et il peine comme jamais. Il pose la brosse. Il dit, confus, c'est cette température infernale et la puissance de la musique, la conjugaison de l'une et de l'autre, dans ces conditions on n'est plus maître de rien.

– Je suis au regret, chers amis. Il vaut mieux que nous laissions là cette séance.

Il va retravailler seul, sans eux, ensuite. Mais le tableau résiste. La fièvre y reste enfermée.

Le tableau repousse la main du peintre.

À quel moment peut-on affirmer qu'une toile est finie ?

13

Nohant, juin 1842, le jardin, cinq heures de l'après-midi.

Il a dû pleuvoir pas très loin de là car un peu de fraîcheur est tombée sur la terrasse mais la journée a été pesante. Pas un souffle d'air. Sans remords, ils se sont tous abandonnés à la paresse. Les chiens dorment, le museau entre les pattes. Chopin seul est enfermé derrière la porte capitonnée, « triturant, défaisant » un morceau improvisé quelques jours plus tôt ; « marchant, brisant ses plumes » à la recherche de passages qu'il croit disparus ; se désespérant avant de soudain les ressaisir au détour de longues hésitations qui minent ses forces.

George fait la lecture. Les phrases semblent naître du paysage environnant, à moins que ce soit l'inverse.

> … Une haie de rosiers formait la ligne de démarcation entre le potager et le parterre qui touchait

aux bâtiments et les entourait d'une ceinture de fleurs. Ce jardin était comme une sorte d'Élysée. De magnifiques arbustes d'agrément y ombrageaient les plantes rares à la senteur exquise.

Derrière les orangers en caisse de la terrasse, l'air sent le jasmin et la clématite en fleur. Les enfants sont passés, ils se sont enfuis, Maurice attend avec impatience le tête-à-tête avec son maître. Assis au fond de son fauteuil, Eugène découvre les pages de *Consuelo* écrites dans la nuit. À travers le tremblement de l'air, s'étend un jardin vert dans un de ces étés heureux qui semble ne pas devoir s'achever. Qu'il n'a jamais connus.

Voilà plusieurs jours qu'il est ici, choyé, bercé, soigné, comblé de fruits frais, de pain sorti du four, de saine et savoureuse nourriture. Plusieurs jours qu'il s'abandonne à cette douceur de vivre. Aux parties de billard et aux dîners dans la lumière du couchant. Au cabinet plein de fraîcheur où il peut se retirer et, la porte entrouverte, entrer dans le torrent du piano. Tout le séduit, l'infini de la musique et des conversations avec Chopin. Les attentions de Maurice. Les poursuites aguicheuses de Solange en robe de cotonnade légère.

– Je vous brode une bourse, Eugène. J'aimerais que vous redessiniez mes sourcils.

– Mais pourquoi donc, la ligne est parfaite !
– Ils sont clairs, beaucoup trop clairs.
– Vous êtes blonde, la nature respecte l'harmonie.
– On ne les voit pas, ma mère les a faits trop minces. Retouchez-les, je vous prie. Votre main ne tremblera pas, je sais.

Il a redessiné d'un trait les sourcils de la fausse ingénue.

Et suivi la mère jusqu'à ce coin broussailleux du petit bois où une fillette, du fond de sa solitude et de son désarroi, allait inventer des prières au dieu Corambé de son invention.

C'est ici la porte et la source, le début de toute fiction.

Ici, au milieu des chants de rossignols et des parades nuptiales, que commencèrent à vibrer les mots. Mots d'enfant naïfs, haussés à ce point de mysticisme qu'il n'était possible de les confier ni à la grand-mère, ni au précepteur. On pouvait, à cet endroit, chuchoter des poèmes improvisés. On pouvait soigner les lézards malades et les oisillons tombés du nid, près de petits autels garnis de feuilles et de plantes sauvages.

Rien n'a été rompu depuis. Le lien chaud entre le Créateur et les souffrants s'impose plus que jamais à George Sand. Sa place est entre Celui-ci et ceux-là. Son Dieu est celui des humbles. Et si elle fait de la jeune bohémienne la grande héroïne de son roman, c'est en raison du pouvoir qui lui est donné d'exalter les petits.

– Nous sommes éternels, Eugène… Rien ne meurt, rien ne se perd, rien ne finit… Si je vivais toujours près de vous, je finirais par vous le faire croire, vous seriez autre…

Il se tait.

Dans l'état d'indolence délicieuse où il se trouve, il ne demanderait qu'à se laisser porter par le courant. Mais comment rejoindrait-il ces certitudes, écartelé comme il l'est entre la lumière qui l'inspire et le Mal qui l'obsède ? Ce mal sauvage, inextinguible, les fureurs des hommes et celles de la nature, plus promptes que la fuite des nuages saisis par la brosse pour semer la désolation et la mort.

– En quoi pouvons-nous intéresser cette prétendue Providence qui nous a mis dans ce monde bizarre pour l'orner, nous dit-on ? Je ne vois pas.

– Vous ne cherchez pas à voir !

– Que voulez-vous dire ?

– Vous décrétez. Vous entretenez une force de négation qui mine votre humeur. Votre santé aussi, par la même occasion. Cessez cela, faites comme moi, écartez les noires réflexions à grands coups de pied ! Dans votre lettre de Normandie, vous vous disiez émerveillé par tout ce qui vous entourait. Les bois, les fontaines, vous suggéraient qu'on s'aimerait, qu'on se posséderait ailleurs. Ce sont vos mots, je les ai aimés, je les ai retenus.

– Vraiment ?

– Je n'oublie rien.

Ils ne savent plus au juste combien de temps ils ont marché.

Dans le clair-obscur du bois, les ombres sont striées d'or et une odeur d'humus monte de la terre. Une espèce de tangage ou de vertige les assaille. Les force à s'arrêter. Elle lui prend le bras, immobile, le sang battant aux tempes, figée dans la naissance de cette ardeur de tout l'être qu'elle connaît bien. Qu'elle a cent fois vécue. Des mèches s'échappent de la chevelure ondulée que la marche et la chaleur ont défaite. Il la devine. Il la dévisage, l'œil de fauve brillant, hésitant, hésitant encore. L'hésitation accroît son magnétisme. Elle se hausse vers lui, elle murmure, il l'entend lui confier, la voix étranglée :

– Écoutez-moi, Eugène… il a une grâce de prince. Dans les salons, à Paris, les femmes le poursuivent. Il a du cœur, il est modeste et généreux, je l'admire, sa musique est divine. On n'a jamais composé ce genre de musique, Liszt lui-même est confondu par ce qu'il entend. Mais en amour…

Il l'a saisie, ne sachant où ils vont, ni si cette empoignade est un franchissement ou un arrachement, ou un besoin depuis le premier jour, depuis le portrait de novembre et ce qu'ils n'ont pas conclu dans le logis du quai, ce que peut-être ils poursuivent encore.

Il dit :

– Il n'y a pas plus de paisible amitié que de paisible amour, je vous l'ai écrit, je m'en souviens... Nous avons des câbles autour de notre vie...

Il dit :

– Je l'aime profondément, lui. C'est le plus vrai artiste que j'ai rencontré.

Elle répond :

– Vous êtes aussi un artiste immense. Depuis le premier jour où j'ai découvert *La Mort de Sardanapale* à l'atelier, je vous ai senti à la recherche de clés qui ouvrent sur des profondeurs vertigineuses.

– De clés ? Je ne sais pas du tout... La peinture est une puissance silencieuse, elle ne parle qu'aux yeux d'abord, il ne faut pas chercher l'idée... elle s'empare de l'âme ensuite.

Il a relâché l'étreinte. En effet, il ne sait plus. Ils sont face à face dans cet entre-deux de l'ombre, brûlant de franchir des frontières, conscients qu'un geste de plus entraînerait d'irréparables désastres autour d'eux. Eugène est là en transit, en jauge, passager momentané du long été de Nohant. Bientôt il retrouvera la progression cahotante de la diligence sur les pierres des chemins. Bientôt il aura à définir dans les moindres détails le sujet destiné à la coupole du Luxembourg. À défendre ses choix, à tracer des plans, à parler dates et moyens. On l'attend à Paris. Le ministre commanditaire des travaux, Thiers, a signifié son souhait de rencontrer en tête à tête le peintre qu'il admire entre tous et qu'il impose officiellement à son corps défendant.

Il se peut que l'émotion née dans l'empire du dieu Corambé s'évanouisse avant la fin du jour.

Il se peut que la brise passant entre les arbres soit l'unique réponse à l'énigme du Tout. Mystère répondant au mystère. Ici s'arrête le pouvoir des mots.

C'est l'heure de rentrer. Ils reprennent le sentier hanté de pas disparus. Ils marchent, muets, dans un flottement de tous les sens. La lumière oblique du soir baigne la maison et plus loin, le hameau, l'église, les chaumières basses où l'on nourrit les bêtes. Quelqu'un, aux côtés du jardinier, est penché sur le massif de roses. Elle indique le nom de la femme, Françoise Meillant.

– C'est elle qui vous monte le chocolat le matin.

– Elle a une belle régularité de visage.

– Elle a du caractère.

L'âne broute dans l'herbe. La fraîcheur monte de la terre. Il observe, il sent. Aucune pensée. Il ne veut pas désensorceler son regard.

14

– Voilà, cher ami, tout est prêt ! Les vaches sont lavées, brossées, on les a mises au pré. Elles vous attendent. Vous allez pouvoir commencer le grand tableau.

– Laissez ! Laissez dire mon nigaud de frère, Eugène, il a trop arrosé le déjeuner, je m'en charge... Maurice est dans la grange, il vous espère.

Maurice patiente. Il tend l'oreille. Les voix s'éloignent, la discussion se poursuit plus loin. Depuis une semaine, Polyte les assomme tous avec son obsession de voir ses dix-huit laitières représentées sur une toile géante, et le chef-d'œuvre exposé avec son nom aux prochaines comices agricoles.

La grange est un lieu de repli tranquille. Au fond sous les poutres, un espace de travail a été aménagé. Les grattements de souris, le rai de soleil qui court sur les étagères de bois, contrastent avec l'agitation qui règne dans l'atelier d'élèves où le garçon se rend régulièrement à Paris.

Maurice Dudevant, le bel adolescent brun aux cheveux souples, au regard si semblable à celui de sa mère, est vif, affectueux, fantaisiste. Il a un bon coup de crayon. Il croque ce qu'il voit, le dessin le passionne et il en demande davantage.

> Irai-je chez les ingristes ou chez les coloristes ? Delacroix, homme du monde, n'influence pas ma mère pour que j'aille chez lui.

Décevant, le premier stage d'initiation chez le Suisse Menn, élève d'Ingres. La mère a suivi, elle connaît, elle juge. La beauté lisse de la *Grande Odalisque* sur fond bleu l'avait séduite, mais le formalisme raide imposé par le disciple la rebute. Elle ne tergiverse pas, Maurice perd son temps à reprendre indéfiniment les mêmes dessins, il sera inscrit à l'atelier Delacroix. Sous les ordres de celui qui maintenant fait partie du clan, il devra honorer dignement la réputation de la famille.

Le petit bâillait et s'ennuyait, il obtempère.

Chez l'ami de sa mère, le ton change. Ici la peinture est une autre histoire, libre, bondissante, inattendue, respectueuse des leçons des anciens maîtres et résolument moderne. D'emblée il saisit la force de l'aventure, la difficulté aussi.

« Il travaille comme un nègre et Delacroix m'a dit que, quoiqu'il fût le plus nouveau à l'atelier, il était déjà le plus fort. »

Secrètement, après les séances, il aligne ses impressions en courts croquis légendés :

Première correction de Delacroix.

Delacroix dit : « Si c'est ça tout ce que tu as appris chez les ingristes, il faut l'oublier. »
Maurice : « Oui, patron. »

Je dessine d'après la bosse, puis d'après nature… À la fin de l'année, j'apprends à disséquer avec les carabins.

Il y a concours de compositions peintes ou dessinées une fois par mois. Ce sont des sujets religieux. J'ai eu plusieurs fois le numéro 1, ma mère est satisfaite.

Le patron est « féroce », il lance des sentences de feu, il arrive en retard ou pas du tout, mais quand il se montre, il subjugue.

L'atelier d'élèves, étroit, vieux et délabré, déborde en chahuts bruyants sur la rue populaire. Par beau temps, les rapins montent en batifolant avaler des saucisses et du pain sur le toit ; à l'heure du café et de l'absinthe, ils s'entassent au fond d'un estaminet borgne avec les pompiers de la rue du Dragon.

« Soûlographies mêlées de discussions d'art. Quand le nu est à la pause, les passants se haussent pour jeter un œil à travers la vitre. »

Mais à l'apparition du maître, le tintamarre se fait silence de mort. De lui, ils attendent la conviction qui inspire. L'audace et l'invention pourfendeuses d'académisme.

– ... Bien, les exercices préparatoires. Les dessins d'après la bosse, bien, mais ce n'est pas l'essentiel. À l'atelier d'Ingres, certains d'entre vous ont travaillé les contours comme on découperait une plaque d'ardoise. On leur a affirmé que la couleur était superflue. Aberration, oubliez ça ! Le père Ingres est un vieux dieu bourgeois qui confond coloration et couleur. Non, on ne pose pas de la couleur sur un sujet comme de la nonpareille sur un gâteau bien cuit ! L'idée naît de la couleur. Elle est mystérieuse autant que la musique, elle émane de la pensée des profondeurs. Il faut la ressentir... Allez au palais du Louvre, regardez les vieux maîtres, les Flamands, les Vénitiens, admirez les toiles de Véronèse... prenez du recul, découvrez les tons livides d'un pauvre mur de Rembrandt. Ils vous disent tout de la misère de celui qui s'appuie contre ce mur.

Les gris plombés, les verdâtres, les laques brûlées vous le racontent. Je vais passer examiner vos dessins....

*

Dans la grange, le foin éparpillé sur le sol émousse les bruits. Maurice n'entend pas les planches craquer, il est fourré dans ses carnets. Le spectacle de sa concentration arrête les pas du maître. Quelques années plus tôt, rue Pigalle, celui-ci avait fixé la grâce du jeune visage – traits fins, réguliers, douceur féminine. La mère était présente, songeuse, à côté de l'enfant.

– Il griffonne, regardez ce qu'il fait... Il ne s'intéresse plus qu'à ces croquis, il en couvre ses cahiers. À Majorque, il passait son temps à dessiner les costumes des gens du village. Il prétend maintenant qu'il veut devenir peintre.

Cet enfant-ci, elle l'adore, elle l'a nourri de poésie et de merveilleux. Tout petit, elle l'a emmené la nuit, tremblant et la main glissée dans la sienne, voir le nimbe laiteux de la Dame Blanche passer sur les champs de luzerne et sur les saules têtards. Elle lui a parlé des terribles Laveuses du Diable et des visages qui flottent à la surface vaseuse des étangs les jours d'orage.

Il ressent, il imagine, il le tient d'elle.

– Sors-moi tes derniers albums, Mauricot. Je veux tout voir, ici nous avons le temps.

Ce n'est pas le ton du patron. Ni la voix qui dompte d'un mot la troupe vociférante de l'atelier. Ici Maurice est Mauricot, le fils artiste qu'il n'aura jamais. Ici, il ne dissimule pas la tendresse qui l'inonde à découvrir les travaux rassemblés dans l'attente inquiète de son jugement de maître. Il scrute, c'est ce qu'espérait le garçon.

– Tu avances, c'est bien. Mais écoute-moi... ce que j'ai appris, hélas je ne peux pas te l'enseigner, je l'ai trouvé trop péniblement. Il faut trouver soi-même.

Silence. Et :

– Ne dédaigne pas les chemins détournés.

– Quels chemins ?

– Te souviens-tu des paysages en trompe-l'œil sur les papiers peints de l'auberge où nous avons déjeuné ? Retourne les voir, étudie ça. Au Palais-Bourbon, je tombe en arrêt devant le métier du décorateur italien qui vient peindre les détails à mes côtés. Son école est une des plus anciennes en peinture. Ces gens-là ont des connaissances mathématiques et ils les respectent. Fais comme eux, peins à la détrempe. Garde ta colle sur la cendre chaude et applique d'un coup tes couleurs tièdes. Tu seras forcé de connaître assez la perspective pour tricher ensuite si tu le désires. Tu en tireras des effets saisissants… Nous les peintres d'histoire, avons oublié ces vieilles recettes, c'est une erreur ! Toi, retrouve-les. Peins à la colle, Mauricot, tu feras des progrès de géant.

15

Soudain, alors qu'il se sent vraiment « requinqué », alors que sa marche solitaire l'a mené aux abords de la ferme, quelque chose arrête le regard du peintre. Non pas le troupeau au pré, mais une scène insolite logée dans la verdure.

Assise sur un tronc d'arbre, une paysanne donne une leçon de lecture à une fillette qui ânnone à sa suite. La concentration tend leurs traits. De petits cumulus blancs dans le ciel limpide leur font un dais léger. Il assiste. Il voit sans être vu. Il se met à penser furieusement à la peinture. L'éclairage, le décor, le parfait cadrage, rien n'est à modifier. Il rentre. Il emporte la scène avec la vision claire de ce qu'il peut en faire s'il parvient à mettre les bouchées doubles dans le court temps qui lui reste imparti.

La maisonnée entière est surprise et bousculée à l'annonce de cette idée. Il arpente, il assure que bien entendu il se sent en mesure de peindre, qu'il a vaincu la fatigue. Ne vous souciez donc pas !... Non, il ne sera pas dit qu'il quitte Nohant, la joie qui emplit et fait palpiter son cœur de sauvage, sans laisser une trace parmi ceux du clan.

– On m'a appris qu'ici la Sainte-Anne se fête en juillet avec des bouquets de blé mûr déposés sur l'autel. Je vais peindre une toile sur le sujet pour votre église. Ce sera *L'Éducation de la Vierge*.

À Maurice, prestement :

– Il va falloir nous débrouiller, Mauricot. Fabriquer un châssis, tendre la toile. Fouille dans ton matériel, demande de l'aide au menuisier si tu peux le trouver.

À l'ami d'enfance, Pierret, dans un courrier à expédier au plus vite :

« ... Pour les couleurs dont j'ai besoin pour le tableau, tu les désigneras à Jenny et les prendras dans ce qui reste de couleurs à l'atelier. S'il en manquait, elle irait les prendre chez Haro. J'en insère la liste.

8 blanc de plomb, 6 jaune Naples, 4 ocre jaune, 2 rouge Venise, 1 rouge Van Dick, 2 terre verte, 6 laque garance, 2 terre Cassel, 4 noir pêche, 1 noire d'ivoire, 2 bleu de Prusse, 6 laque Robert n° 8. Jenny trouvera peut-être dans le grenier quelque boîte qui puisse contenir tout ceci. »

16

Depuis que le projet est en cours et qu'on en débat au dîner, il la suit des yeux.

De la terrasse au salon, il cherche à l'apercevoir. Portant le panier d'œufs, vidant un seau à toilette, faucillant une poignée d'herbe pour les bêtes, ravaudant des pièces de linge. Et le soir, disparaissant dans l'ondulation des herbes hautes. Françoise Meillant, une paysanne.

Quand elle monte le chocolat, son passage laisse dans la chambre un effluve de petit-lait qui provient de la ferme. Elle se livre peu, excepté si on lui demande des nouvelles de son enfant.

Il regarde l'ovale écrasé par la coiffe de tissu, la toile rêche des vêtements qui l'engrosse quand elle s'assied. Malgré la rudesse du costume, il la trouve éclatante. Elle baisse les paupières sous l'attention qui dure. Elle se demande si par hasard elle n'aurait pas négligé quelque chose dans le service. Si elle a bien secoué la plume du gros édredon ventru dans la chambre. Épousseté la malle de cuir. Si elle ne devrait pas monter s'assurer de la chose. Tout compte fait, qu'est-ce que gravir un étage de plus dans une journée où on ne s'arrête jamais ? La pensée lui ride le front mais le visage est jeune, rougi par la brûlure du soleil des champs.

À chaque rencontre, il la dévisage. Il voit un Raphaël, il songe à la noblesse d'un Le Nain.

Françoise n'ose sentir qu'il se plaît à cette observation. L'invité de Madame toujours en mouvement avec sa besace et ses crayons à l'épaule se met à s'entretenir avec elle.

Il l'interroge sur leur petite église qu'on aperçoit depuis ici. Elle répond qu'elle va rarement aux offices, occupée qu'elle est avec les soins à donner au château. Mais au mois de la Vierge quand les lys blancs sentent fort sur l'autel et à la Sainte-Anne, elle s'y pose avec les autres. Elle reste là à regarder la porte mystérieuse dans l'ombre, Dieu au fond de son tabernacle d'or qui la protège. À chanter des bouts de cantiques.

Il faut si peu de monde pour remplir l'église de leur village.

Elle se doute bien qu'il va finir par dire quelque chose. Elle l'entend appeler Maurice à toute voix. Elle le voit s'agiter, tourner après ces longs moments passés au salon avec M. Chopin.

Elle sent que d'écouter si longtemps lui donne un besoin profond, douloureux, de quelque chose qui ne vient pas. Elle reste là à se demander, sa fillette à côté d'elle qui saute à cloche-pied et qui parfois, chantonne.

Et lui, à présent, regardant l'enfant.

Lui venant à elle.

– Je regarde votre visage, Françoise, il est serein, il est harmonieux. J'ai l'intention de peindre une sainte Anne enseignant la parole à la Vierge enfant. Voudriez-vous poser pour moi ?

Elle a une expression incrédule, un petit rire. Elle ne sait trop comment on fait pour poser. Madame dans ses robes en foulard des Indes doit s'y entendre. Et tous ceux des cadres du salon ont dû aimer se faire portraiturer aussi. Mais elle, elle ne se voit pas plantée là comme une chèvre au piquet alors que la tâche l'appelle partout.

Elle respire plus fort.

– Vous vous installerez sur le banc de pierre avec votre fille. Ne soyez pas inquiète, vous n'aurez qu'à être vous-même.

– Et que dira Madame ?

– Madame est au courant, nous en avons parlé. Il faut seulement que nous trouvions de la toile à tendre sur un châssis. Savez-vous où nous pourrions nous en procurer ?

Elle n'est pas lingère, mais bien sûr qu'elle connaît tout du contenu des armoires à linge.

De la toile, elle en a vu justement il y a peu. Une pièce de coutil où on taille les corsets de Madame.

Elle regarde à présent, c'est son tour.

Elle voit Monsieur penché vers elle, il attend une réponse.

Elle voit plus loin que la maison, plus loin que les lilas et la cour, elle-même assise sur le petit banc de pierre avec sa fille, dans le nuage d'encens des grandes fêtes et dans les voix en prière. Elle s'habitue. Elle commence, l'air de rien, à s'y faire. Et elle se demande ce que penseront les hommes quand ils entreront à l'église, aux baptêmes et aux funérailles, de prier devant son portrait.

17

Il a refusé les promenades, mobilisé Maurice, mécontenté Polyte en repoussant les parties de billard. Il est à l'œuvre.

Mais comment se débrouiller ici en pleine campagne, loin de la boutique familière où, à l'instant où on reconnaît le client, le premier commis est dépêché sans délai pour proposer matériel et fournitures ? Il est si peu « colleur », si « emprunté » c'est le mot, pour « s'organiser une toile » avec ce coutil sorti des réserves de l'armoire. Tendre, clouer, déclouer, retendre, il s'efforce, il peste, jamais il ne fait ce travail. Il n'a pas la main artisane, Ciceri l'Italien le lui avait lancé en riant sur le chantier de la Chambre.

– Laissez-moi faire, je vais vous le préparer moi, le fond !

Quant à la couche d'impression, pas de blanc de céruse dans les réserves non plus, il va falloir compenser mais par quoi ?

Sans retard pourtant, la caisse de couleurs est arrivée par la patache, rien n'y manque. Et le temps reste clair, malgré l'orage qui menace. La scène se construit rapidement, frontalement, comme il le désire.

Recueilli, touchant, le duo qui prend place sous ses directives.

Françoise assise sur le banc de pierre. L'enfant à ses côtés, légèrement penchée, un doigt posé sur le Livre saint. Les coups de vent chaud qui passent ne les font pas ciller. Autour d'elles les buissons sont complices ; le silence tissé d'or, de grésillements d'insectes et de sons de cloches, il le ressent intensément. Il peint dans la tiédeur qui monte de la terre. Plus de hâte, mais le clapotement continu de la brosse sur la toile. L'éternité.

Chopin est sorti du salon pour l'occasion, l'événement est rare au milieu de l'après-midi. Il reste là à les contempler tous. Pour une fois le sujet l'émeut, les couleurs ne le choquent pas. Il aime ce gros bleu, ce jaune éteint de la jupe, ce ton de quartz rose du tablier fraîchement lavé de la fillette.

George fait la lecture. Maurice près de son maître copie des détails. Au loin grince l'essieu d'une charrette.

Pourtant demain existe, ils s'en doutaient à peine, c'était l'effet des longs crépuscules et de ces journées immenses de juin passées à regarder changer la lumière. De la toile naissant au pré sous leurs regards à tous.

Lui, retenait encore les pensées qui le ramenaient à ses obligations officielles. À la Pietà de Saint-Denis-du-Saint-Sacrement et au titanesque programme de décoration en cours au Palais-Bourbon. Deux hémicycles, vingt pendentifs à illustrer dans une polyphonie destinée à évoquer l'esprit humain à la conquête de l'univers. De cela, provisoirement, il s'était libéré.

Il était dans l'apesanteur.

La Vierge enfant achevée au jardin est une jauge du temps, un sablier retourné. Les couleurs qui regagnent les casiers de la caisse attestent la fin du séjour. Solange la Princesse, comme toujours, l'a saisi avant les autres.

– Je suis triste. Vous allez nous quitter, Eugène, vous n'en parlez pas, mais j'ai compris. Vous partez.

– Incessamment, hélas.

– Restez ! La maison est si gaie depuis que vous êtes là. Chopin est drôle. Il est irrésistible quand il se lance dans ses imitations. Saviez-vous qu'il était si bon comédien ? Ils ont fait du théâtre avec ses sœurs, à Varsovie.

N'oubliez pas surtout d'emporter ma bourse brodée ! N'oubliez pas de penser à moi.

– Je n'ai pas fini de penser à vous tous.

Les fleurs de datura blanc ne se sont pas encore ouvertes, il ne découvrira pas le parfum entêtant des étranges corolles blanches.

Il voit Françoise au loin couper des feuilles de laurier pour le ragoût du soir.

Il la voit se tourner et longuement le contempler. Vertige de cet échange muet, intense, qui ne s'est pas manifesté pendant la pose. Qu'a saisi la peinture de sa vérité à elle, paysanne discrète sans répit attelée à l'entretien de la maison ? Comment juge-t-elle la sainte Anne à laquelle elle a prêté son visage ? Et l'enfant qui n'a pas dit un mot ? Il n'a pas épuisé l'énigme des relations avec Françoise et sa fillette. S'y repencher. Garder tous les croquis pour le détail des attitudes. Les classer avec ceux des arbres du parc ainsi que le petit dessin représentant Chopin en Dante.

À présent c'est le rituel à l'envers.

Les adieux devant la grille. Les paroles croisées, confuses. Les bonds des chiens excités qu'on écarte de la main. Les domestiques accourus pour saluer. George, exhortant le postillon à être prudent dans les terres grasses du désert de la Brande où les attelages s'embourbent.

Chopin immobile, muet. Le gros Polyte arrivé en retard, le souffle haletant, la voix tonitruante.

– Eugène, mon cher ami, roi des carambouillages et maître de la queue, pardonnez l'expression, mais sapristi, sans votre adresse au billard on va tous s'endormir ici !

Il répond à côté.

Il assure qu'il les a découverts tous, que jamais il n'a été heureux à ce point, il cherche son regard à elle. Écrivez-moi, racontez-moi la suite de *Consuelo*, parlez-moi de Chopin, du travail de Maurice, vous êtes ma famille, parlez-moi de chacun.

Un peu plus loin Françoise s'avance, elle apporte un chanteau de pain tiède dans un morceau de toile.

18

Paris, fin juin 1842

... Quel changement, chère amie, que ce Paris est affreux ; vous n'avez pas idée de la chaleur et de la poussière qu'on respire ici, mais la tristesse, donc ! [...] Il m'a pris, depuis que je suis arrivé, un accès de tristesse dont je ne suis pas sorti et qui me reprendra toutes les fois que je repenserai à Nohant [...] Je m'en vais, malgré les inconvénients de la chaleur, me plonger à en crever dans le travail. [...] Je vous vois toujours devant mes yeux, vous et les vôtres ; à chaque heure du jour je vous vois [...] Et mes tête à tête avec Chopin, où les retrouverai-je ?

... Soignez-vous donc, soignez Chopin. Peut-être va-t-il travailler à présent que je ne l'interromps plus autant...

... Je vous embrasse tendrement, chère amie ; quelques mots de vous de temps en temps ; ce sera un parfum d'un autre monde au milieu de cet enfer...

Tristesse ici, nostalgie là-bas. Les couleurs sous la brosse répondaient aux accords échappés du salon et la voix lisant sous les arbres mêlait l'histoire en cours aux mystères du Saint Royaume.

Retrouveront-ils jamais la douceur qui flottait à la surface de ces journées d'été sans rides ?

La séparation les assombrit, les dépossède, ils ne s'en remettent pas.

Nohant, mi-juillet 1842

Cher ami… Je suis jetée, plongée dans le travail pour ne pas trop sentir le chagrin de votre départ et pour ne pas trop vous l'écrire… Me voici enfin plus courageuse pour vous écrire, ce qui ne veut pas dire que je sois plus forte : mais que l'amitié l'emporte sur l'égoïsme…

Je me retrempe un peu avec ma sainte Anne et ma petite Vierge. Je les regarde en cachette quand je me sens défaillir, et je les trouve si belles, si pures, que je me remets au travail avec des idées fraîches…

Avez-vous retrouvé votre maîtresse belle et fidèle ? Moi j'ai retrouvé mes œillets et le datura fastuosa a fleuri. Chopin a daigné trouver sa blancheur et son parfum irréprochables.

Maurice a été tout imbécile jusqu'à présent. Il n'a rien fait que préparer sa toile pour copier S. Anne. Il tourne autour et la regarde d'un air penaud, en

disant : « Sapristi ! Sapristi ! » Je sais bien ce que cela veut dire. Il voudrait faire et n'ose pas…
Chop. a été bien souffrant après votre départ. Le voilà un peu mieux…
Bonsoir donc, mon bon petit. Tout le monde dort, mais tout le monde me demandera demain matin si je vous ai embrassé pour chacun, et si je vous ai bien dit que tous vous aiment tendrement…

19

Soudain, presque immédiatement, comme une tempête d'orage brutale, la tranquillité de l'été s'est évanouie, une sombre inquiétude a envahi la maison. Chopin a été très sérieusement malade.

Il commence tout juste à se remettre, les longues heures de fièvre l'ont marqué profondément.

– L'origine de cette crise pourrait bien être nerveuse, a jugé Papet, j'avoue que je suis tenté de le croire. Vous le connaissez, les changements affectent sa santé, le départ d'Eugène l'a bouleversé, il avait trouvé un frère.

Chopin va mieux. L'âne a été préparé, il l'attend devant la porte pour une promenade de convalescence. Le moment est agréable, il n'y a pas de vent, elle marchera à ses côtés. Il protestera chaque fois que le baudet aura les écarts subits qui l'exaspèrent. Elle lui citera pour l'apaiser les mots affectueux d'Eugène dans la lettre.

Elle l'entend descendre de sa chambre.

Il ne sort pas. Il s'est arrêté au salon, il joue. Un Prélude. Né aux heures les plus sombres du séjour à Majorque, celui-ci, et inscrit cette année au programme du concert de février, dans les nouveaux salons luxueusement aménagés de Pleyel. Des tapis, des guirlandes de fleurs, une bousculade sans précédent, quatre cents auditeurs au coude-à-coude et un triomphe. Aux côtés de Chopin, Franchomme, dans un solo de violoncelle. Pauline, dans des airs de Haendel. Lui en gilet blanc prenant étroitement la taille, sa finesse et sa blondeur éclatant sous les lumières des chandeliers. Et à la fin, comme toujours, d'une gaieté aérienne au milieu de ses admiratrices volubiles.

Ensuite, presque immédiatement, le long commentaire ébloui de Berlioz.

« Chopin se tient toujours à l'écart... on dirait qu'il a peur de la musique et des musiciens. Tous les ans, une fois, il sort de son nuage et se fait entendre quelques instants dans le salon de Pleyel... Son jeu est toujours le type de la grâce capricieuse, de la finesse et de l'originalité, et ses nouvelles compositions ne le cèdent point à leurs aînées pour la hardiesse harmonique et la suavité des mélodies... »

La maison est silencieuse à cette heure. Les Préludes sont chargés de réminiscences. Le n° 4 retient la détresse du moment où il a été composé.

Elle l'a rejoint au salon. Elle s'assied. Il la regarde, il ne la quitte pas des yeux. *Jutrzenka-Aurora*, ma vie, mon âme. Je trace en jouant des sentiers pour vos songes, tout ce qui me sépare de vous m'est insupportable, je désire effacer vos existences passées.

Jamais ils ne sont aussi proches l'un de l'autre que dans ces moments où il interprète pour elle seule. Avec le Prélude, le lieu s'impose. Et la date en lettres de feu, 1838, île de Majorque, chartreuse désaffectée de Valldemosa. Un peu plus de quatre ans en arrière. Le décor est sommaire et glacial. Murs sombres, ruissellement de la pluie bruissant derrière les vitres.

Chopin l'admiré des femmes et des grandes familles, Chopin l'adulé des capitales d'Europe, consigné sous les voûtes d'une cellule « en forme de grand cercueil ». Enfermé là pour cause de contagion mortelle. Le froid, la bronchite aiguë, la toux, le sang qui tache les mouchoirs. Le mal et la nouvelle du mal se propageant plus rapidement que les coups de vent sur l'île assiégée par la sauvagerie des éléments.

Le mot a été lâché, il file de hameau en hameau : phtisie. Autant dire la peste noire, à Majorque.

Il faut chasser au plus vite ces étrangers maudits du Ciel. Les sortir de la baraque aux parois si minces qu'on l'appelle la Maison du Vent. Brûler le mobilier, passer les murs à la chaux, ajouter au prix de location celui de ces travaux supplémentaires ; doubler, quintupler la facture, le risque se paie cher.

Et s'ils s'entêtent à rester, qu'ils montent enfermer le mal dans la chartreuse désaffectée de Valldemosa. Le diable y réside, il les accueillera !

Les fonds des voyageurs sont au plus bas, ils n'avaient pas prévu de telles dépenses. L'argent manque pour régler les notes gonflées par le cupide troupeau de voleurs. Il faut au plus vite envoyer la version revue de *Lelia* ainsi que la première partie de *Spiridion*, « accouché au forceps » dans ces conditions. Carlotta Marliani en prendra soin, elle ira sur-le-champ remettre les manuscrits à Buloz qui ne donne rien pour rien.

Il faut rappeler à Pleyel les 1 000 francs dus pour la Ballade et « dont Probst a acquis la propriété pour l'Allemagne ». Plus les 1 500 francs correspondant à l'achat des deux dernières Polonaises, « propriété pour la France, l'Allemagne et l'Angleterre ».

L'un comme l'autre ils ont scruté les contrats, vérifié les comptes, emballé avec d'infinies précautions les précieux manuscrits dans la perspective d'une qualité de transport qu'ils savent plus que douteuse. Mais surtout, fasse le ciel que cet important courrier ne traîne pas. Rien n'est moins sûr, le bateau à vapeur ne quitte le port que lorsque la mer est « unie comme une glace ». Voilà des semaines que Chopin attend désespérément une lettre de Varsovie.

Ils étaient partis dans un rêve d'île enchantée, elle, lui, les enfants, escortés de la femme de chambre, pour soigner la santé déficiente de Maurice et vivre à l'écart du monde leur amour naissant. Fuir, s'il était possible, les commentaires des proches, tels ceux, fielleux, de Marie d'Agoult comme toujours envieuse, et qui caquette.

« … George décampe avec Chopin pour filer le parfait amour à l'ombre des myrtes de Palma ! Convenez que voilà une histoire bien autrement jolie que celles qu'on invente ! […]

À la façon dont je les connais l'un et l'autre, ils vont se prendre en grippe après un mois de cohabitation. »

On leur avait parlé d'oliviers, de bigaradiers et de grands palmiers, de mer étale sous un azur de ciel de fresque italienne. On n'avait mentionné ni l'infecte puanteur du bateau chargé de porcs, ni les fureurs déchaînées de la mauvaise saison à Majorque.

– S'il y avait eu des chemins praticables pour sortir cet âne qu'ils nous louaient à prix d'or, vous auriez pu prendre l'air quand le temps le permettait.

– Le temps ? A-t-il jamais été beau ?

– À notre arrivée, vous écriviez, le ciel est de turquoise et la mer de lapis-lazuli.

– Et le ciel s'est couvert, je n'ai plus rien vu.

Réminiscences, échos. Hurlement du vent dans le cloître et voix du vieil homme ivre, gardien de la chartreuse, criant les noms des moines défunts dans les chapelles désaffectées. Ses pas battent les dalles, il sonne le glas. Pour qui ce deuil qui se répète ? Où sont donc passés les enfants ? Le cloître vide où nichent les colonies de chauves-souris les attire. Ils s'échappent pour explorer, elle doit partir à leur recherche. Les ramener pour les mettre à l'étude. Cuisiner elle-même des plats sans la graisse rance qui écœure et sans les piments rouges qui brûlent le palais, la femme de chambre ne brille pas par son dévouement.

Elle doit le soigner, lui. Potions, massages, vésicatoires, paroles apaisantes. Mais le mal est ravageur, il résiste. À certaines heures, la fièvre et la folie habitent la Chartreuse de Valldemosa. Le corps fourbu de Chopin les subit à s'en détruire. Sous ses doigts, les touches du vieux piano majorquin désaccordé s'enfoncent mollement. Pas de ressort. Aucun son. Le pianino envoyé de Paris par Pleyel reste bloqué en douane à Palma, il désespère. Une fois encore, elle va devoir descendre au village avec les enfants pour tenter de résoudre la raison du litige.

– Non, non, ne partez pas ! Je ne supporte pas de vous savoir loin.

– N'ayez crainte, ce ne sera pas si long, nous savons où nous allons. Pensez à prendre la tisane de ronces... ma grand-mère en faisait préparer à Nohant contre les inflammations. Au printemps nous irons tous à Nohant, vous aimerez la maison. N'oubliez pas de vous désaltérer régulièrement, c'est très important.

Le ciel est devenu ténébreux, rien ne laissait présager le changement de temps. Est-ce le crépuscule ou le fond de l'enfer ? La tisane a refroidi. Les heures sont des gouffres. Sous la pluie qui tombe en cataractes, des rafales tordent les troncs des cyprès et des masques funèbres se dessinent dans les lueurs soufrées des éclairs qui zèbrent la cellule. Entre les roulements de tonnerre, un clapotis se répète dans la pièce, obsédant. Depuis combien de temps exactement sont-ils en route ? Où s'abritent-ils ? La montagne est déserte. Quand il pleut ici, les ruisseaux se changent en torrents, la boue noie les chemins.

Ils ne reviendront pas.

Chopin tousse. Il s'étouffe. Repose le mouchoir rougi sur le bureau bancal installé à ses côtés. Voit ses doigts sur le clavier, jouant. Entend. Prélude. Son esprit se délite. Moins de souffrance, alors. *Lento sustenuto*, quelqu'un à sa place trouve des accords dans les limbes.

Et soudain la porte s'est ouverte.

Ils sont là, devant lui. Eux ou une incarnation du Mal qui s'est dotée de leur apparence pour le narguer. George, Solange, Maurice. Vous ? Méconnaissables. Les vêtements trempés à tordre, les enfants muets d'épuisement, elle presque aphone.

– Cet orage tout le long de notre retour !… Les torrents en crue, des trous d'eau, plus le moindre repère pour nous diriger.

Il ne cille pas. Il est au piano, hagard, saturé d'attente et de douleur. Ce qu'ils racontent ne peut l'atteindre, leurs mots n'ont aucun sens.

– Évidemment.

– Comment ?

– Je le savais bien que vous étiez morts.

Elle s'approche, lui caresse le front. Le contact de sa main chaude le fait frissonner. Il retient cette main. Sans elle, sans l'Aurore de sa vie, maîtresse-mère-écouteuse, il est perdu. Halluciné.

– Vous avez encore de la fièvre. Avez-vous beaucoup toussé ?

Beaucoup toussé ? Cette question, mais comment répondre à ça.

– Ne pleurez plus, reprenez vos esprits. Nous ne pensions qu'à vous en marchant... Jouez encore pendant que nous nous mettons au sec. Ce que nous entendions en entrant était d'une beauté céleste.

La voix traverse les nébulosités du néant. Peu à peu l'atteint.

– Regardez, dit-elle. Les nuages... ils se déchirent, comme c'est beau.

La lune sort dans un ciel purifié. Solange et Maurice en chemise ont couru à la fenêtre, inondés des pieds à la tête par la clarté pâle. Ils s'exclament. Lui ne bouge pas, ne songe pas à s'éloigner du piano, du brasero qui fume et l'étouffe sans chauffer. Son corps a froid, profondément, immensément froid.

– Ne soyez plus inquiet, tout est réglé. Une fois de plus ils nous prennent pour des Crésus, c'est encore plus d'argent qu'ils voulaient ! J'ai pu négocier non sans mal. Le pianino envoyé par Pleyel va vous être monté incessamment. Dès que vous l'aurez essayé, vous vous sentirez guéri.

Elle le soutient, l'accompagne jusqu'au dur lit de sangle qu'il supporte mal. Le souffle contre le sien, elle attend que s'impose l'apaisement du sommeil. La fébrilité et le génie lui sont confiés, elle assume la teneur de ce don. Trouve les recettes apprises à la campagne contre les retours de la douleur. Plonge avec émerveillement dans la splendeur de ce qui sourd de l'âme déchirée de son amant.

La tourmente a repris de plus belle, des coups de boutoir ébranlent les carreaux. L'unique bougie éclaire un cercle étroit dans le noir de la nuit. Ils sont seuls dans la Chartreuse vide, lieu de méditation et de prière oublié du monde des vivants depuis des lustres. Chopin s'est endormi, la main dans la sienne.

Majorque est un pays sauvage. Aimer au sein de la nature vierge, réunir les enfants à cet autre enfant à l'âme trop vaste dont la musique la bouleverse, elle l'a voulu. Si éprouvante soit l'hostilité des habitants, si cruel le mal physique qui entrave les élans amoureux, elle ne regrette pas la poésie de l'étrange voyage.

À présent que tous se sont assoupis, elle écrit sous la dictée du vent.

Majorque est pour les peintres un des plus beaux pays de la terre et un des plus ignorés… Mais c'est vous, Eugène, mon vieux ami, mon cher artiste, que j'aurais voulu mener la nuit dans la montagne lorsque la lune éclairait l'inondation livide… C'est dans ces intervalles d'ombre et de lumière que vous eussiez vu… le ciel et la terre pâlir et s'illuminer…

20

Fin août 1842, derniers jours à la campagne.

On a rentré le regain dans les granges et les soirées deviennent froides. Quelqu'un a entendu bramer un cerf non loin des étangs. Le retour dans la capitale va se faire tôt cette année. Il n'est plus question de retrouver les pavillons de la rue Pigalle, les enfants ont grandi, il leur faut de l'espace. Chopin a repris quelques forces. L'idée de retrouver ses habitudes et l'apparat des grandes maisons comme toujours le stimule. Papet est passé l'examiner une fois encore. Il a jugé que George et lui pouvaient se rendre à Paris pour y trouver leur prochaine résidence.

Les relations se sont mises en chasse. La rareté espérée s'est présentée assez rapidement : ce sera square d'Orléans, un appartement au centre d'une cour claire, dans un élégant bâtiment à colonnades. Ils auront un salon où installer un billard. Un carré de terre pour « faire faire pipi à Pistolet » et planter des fleurs. Maurice travaillera sa peinture dans deux chambres au-dessus. Chopin disposera d'un logis voisin dans la verdure et dans le calme.

Et puis, « autre grande espérance », c'est celle d'attirer Eugène le plus tôt possible à proximité du square.

La comtesse Carlotta Marliani, épouse du consul d'Espagne et très entreprenante amie, habite déjà ce récent quartier de la Nouvelle Athènes. Les artistes lancés, acteurs, danseuses, sculpteurs, chanteurs, raffolent de son architecture harmonieuse. Des fêtes improvisées, des charades à gages, s'organisent d'un appartement à l'autre autour de saladiers de punch et de fruits exotiques en pyramides. Musset en cape de velours est passé là lire ses poèmes. Avait-il appris les noms des prochains locataires du lieu ? Sa voix a tremblé sur trois vers, les larmes lui sont montées aux yeux…

> Et toi, charme inconnu dont rien ne se défend
> Qui fit hésiter Faust au seuil de Marguerite,
> Candeur des premiers jours, qu'êtes-vous devenus ?

Autour de l'installation annoncée de George et de Chopin, d'autres du clan cherchent à s'y caser à leur tour. Ils feront « marmite commune » – haricots de mouton, gigots, pots-au-feu copieusement garnis – à la table accueillante de Carlotta. Quant aux ateliers de peintres, il y en a de vacants à deux rues du square. Eugène emménagera rue Notre-Dame-de-Lorette dès l'achèvement de son bail, rue des Marais-Saint-Germain.

En attendant, le projet de la Pietà de Saint-Denis-du-Saint-Sacrement avance sous une pluie de contretemps et de vexations en tout genre.

Le peintre Robert-Fleury, initialement choisi pour la commande, l'a cédée par inintérêt à son confrère. Le chef de l'administration des Beaux-Arts n'a pas apprécié la substitution, il l'a signifié. Le préfet Rambuteau a traîné pour signer en exprimant ouvertement sa méfiance envers la peinture d'Eugène Delacroix. Quant au curé, buté, il tourne dans son église en répétant à qui veut l'entendre qu'il ne désire pas une Pietà mais une Visitation.

Pietà. *Mater dolorosa* portant le corps de son fils, Jésus.

Tragédie de la séparation et de la mort après la fraîcheur candide de la petite Vierge peinte au milieu des grésillements d'abeilles et des trilles de rossignol.

Autre chant. Autre palette.

Il est seul avec Joséphine dans l'église vide. Ils sont entrés ensemble, elle a tenu à découvrir le cadre où très bientôt il va vivre enfermé avec les images. Une voilette cache son visage et sa blondeur. Troublant moment que cette halte dans l'édifice religieux avec celui qu'elle a imaginé des jours durant choyé dans le charme du « demi-château » inconnu.

Elle lui a écrit. Elle a signé Consuelo pour se glisser dans ses songes.

Malgré le temps clair qu'il fait au-dehors, l'atmosphère est très sombre. La chapelle destinée à accueillir la Pietà est noyée dans l'ombre. On a suivi à la lettre les consignes du peintre, la préparation à la cire achève de sécher, mais l'orientation du lieu est désastreuse. Il tourne. Il répète qu'il ne sera possible de travailler là, pour lui et pour son assistant, que les jours de grand soleil.

– Les couleurs devront inventer la lumière, il va falloir trouver… et qu'un élan traverse le groupe autour du Christ. Les cœurs sont déchirés, tous sont liés par la même souffrance, on doit le ressentir intensément.

Ni les bleus du ciel, ni les verts champêtres de la *Sainte Anne*, évidemment. Pour cette tragédie de l'arrachement, peut-être des rouges criant la douleur au milieu des profondeurs brumeuses.

Peut-être un éclat ambré irradiant des personnages comme une secrète veille des âmes…

Ils sortent. Il n'était pas prévu qu'ils s'attardent à cette visite. L'atelier est fermé, la journée leur appartient. Une table a été retenue au nom de la comtesse de Forget au grand café Tortoni où elle a ses habitudes. On y sert des matelotes d'anguilles réputées et les meilleures crèmes glacées de Paris. L'air brouillé par la fumée des cigares, le brouhaha feutré de l'établissement favorisent les confidences. Le souvenir revient au peintre, avec ce rouge incandescent resté dans son regard au sortir de l'église, de la bague en rubis rouge au doigt de George Sand.

Rouge cinabre intense. Rouge du sang des batailles et rouge du cri de toutes les révoltes, il revient à ce détail qui n'est pas un détail.

– Ce rubis de famille est une sorte de pont entre deux mondes, elle ne le quitte pas. Sa grand-mère l'a donné à sa mère après des mois de provocation et de haine.

Joséphine sait peu de l'histoire. Lui la connaît de bout en bout, jamais il ne s'était étendu sur le sujet de cette dualité antagoniste : la mère et la grand-mère face à face, après la mort accidentelle du père. Comtesse Dupin de Francueil, maîtresse des terres. Sophie Victoire Delaborde, fille d'un oiseleur du quai aux fleurs et « danseuse, moins que danseuse ». Sang bleu contre sang du peuple, s'affrontant en combat ouvert. Entre elles, la fillette, enjeu de la bataille.

La fillette en pleurs cédée par la mère à la grand-mère, moyennant quinze mille livres de rente.

– Cédée ! Avec laquelle l'enfant voulait-elle vivre ?

– Avec les deux ! Elle les aimait passionnément l'une et l'autre. La grand-mère lui lisait Rousseau et lui offrait un précepteur. La mère cousait des chapeaux de rêve et chantait des comptines. Ce contrat insensé qu'elles ont signé de plein accord lui a déchiré le cœur. Il l'arrachait à jamais au grenier de la Grange-Batelière où elle est née. Elle ne l'a pas quitté en réalité, l'histoire l'obsède. Les humbles et les démunis sont présents dans tout ce qu'elle écrit. Hélas ce balourd de Leroux qui ne sait pas laver ses cols lui dicte sur le sujet des discours insipides. Sa fameuse idée de la Vie universelle ne tient pas debout.

Il soupire, prend le temps de déguster à petites gorgées le vin de Bordeaux. Lâche avec un regard qui l'emporte loin de la salle luxueuse et de sa clientèle cossue :

– Quand Sainte-Beuve affirme que Leroux fait de la philosophie comme un buffle qui patauge dans un marais, il a raison, je le suis. Je vous l'ai dit, je ne me suis pas privé de le lui dire à elle aussi… Ce que nous avons à donner nous, artistes, ce ne sont pas des idées. Elles courent les rues. Comme le dit Balzac, Spinoza ou Kant, ouvrir ou fermer une porte, le mouvement est toujours le même… Ce que nous avons à donner est plus rare. Et sacré. C'est l'émotion… Il faut qu'elle le comprenne…

Joséphine écoute, fascinée. Il a le teint hâlé, le visage lisse. Il ne se plaint plus de ses douleurs de gorge. Leurs retrouvailles ont été ardentes, mais le « nous » qu'il vient de prononcer l'éloigne. Le nous le ramène à l'étincelante constellation de juin : George, lui, Chopin. Ils sont célèbres. Ils créent. Ils vivent une intimité constante et mystérieuse. Elle n'a aucune part à ce lien. Aimer Eugène Delacroix, c'est accueillir les éblouissements qui sidèrent et les absences qui déchirent. C'est, seule, arc-boutée contre tous les vents de tempête, le défendre dans les cercles du monde où son nom est jeté aux orties.

– Je sais que vous êtes le plus grand. Je le soutiens quand j'entends ce qui se profère dans les dîners où si souvent l'ennui me prend à la gorge.

Elle lui sourit. Elle est amoureuse, divinement vêtue d'une robe aux tons de fumée et de rose. Elle aussi sait apparier les couleurs. Toutes les femmes ont cet instinct de voir et de palper avec le regard. Toutes les femmes sont ses complices. Il ne regrette pas la halte dans le service stylé du grand café. Entre le vin de son enfance et l'éclat de sa maîtresse, il lui semble que l'avenir s'ouvre. Et que le mur cédé à contrecœur par ce scélérat de Rambuteau qui n'y connaît rien verra s'élever un chant grandiose, orchestré par tous les rouges de la Passion.

Peut-être, alors, l'émotion touchera les fidèles en prière dans la chapelle de la Vierge.

– J'aime ces pensées de soie bleu figue dans votre coiffure. Je n'en n'ai jamais vu de telles, l'effet est très réussi.

– À propos de bleu figue, à Nohant avez-vous conseillé Balzac sur les couleurs si mal assorties de sa garde-robe ? Vous aviez l'intention de le faire.

– Finalement non. Balzac n'est pas venu, il l'a signifié très tard. L'échec de son mélodrame au printemps l'a mis par terre. *A priori* le succès était assuré, tout Paris était curieux de s'y rendre. Là-dessus, il a eu l'extravagance de faire courir le bruit très tôt que la salle était louée en totalité le premier soir. Personne n'est venu, évidemment. Les rares qui s'imaginaient forcer les portes se sont retrouvés seuls. Floués et furieux ! Un désastre… Nous avons échappé au récit de ces péripéties. J'admire Balzac, c'est un grand romancier, il est inspiré mais c'est un bavard redoutable... Quant aux couleurs, je pourrais vous conseiller si vous ne me dépassiez largement sur le sujet.

Elle rit. Il la voit. Il est présent. Il avait promis qu'il le serait. Demain le travail reprendra à la première heure, les esquisses s'accumuleront à l'atelier. L'administration a renvoyé les dernières propositions avec la mention péremptoire : supprimer les anges, pas d'anges dans la composition de la Pietà.

Qu'à cela ne tienne, la voix de l'Autorité a parlé, pas d'anges. Eh bien, mais Léonard ne remplaçait-il pas les anges par des rochers ou par des nuées en mouvement ?...

21

L'heure où la visiteuse en manteau de vigogne pousse la porte de l'église est la même que la veille. Elle n'avouerait à personne le pourquoi de cette exactitude maniaque, elle n'a aucun rendez-vous. Il a plu sur Paris, on respire mieux mais la ville est grise et triste.

Joséphine de Forget est entrée de sa propre inspiration. Un cierge allumé dans le chœur et l'odeur de cire exhalée par le mur l'ont guidée vers la chapelle de la Vierge.

Prochainement ici un rideau invisible s'ouvrira sur une table, toujours la même, chargée de pots, de brosses, de tubes, de chiffons, de relevés, de croquis ; sur le peintre hissé au-dessus du monde, se déplaçant à pas vifs le long de l'échafaudage. C'est ainsi que, malgré l'interdiction, elle l'avait surpris au milieu des seaux et des échelles géantes au Palais-Bourbon.

Elle entend déjà, de très loin, les bruits du futur chantier.

Elle aimerait tellement découvrir ce qui va apparaître, comme elle assiste aux pièces de Racine au Théâtre-Français.

Elle aimerait saisir le moment où le fragment de mur, sous le chatoiement des couches superposées, n'est plus ce mur mais un morceau de crépuscule. Voir, postée dans l'ombre, la brosse saisir les couleurs, épaissir, amoindrir ; les reflets onduler, chatoyer et se fondre dans le rythme imposé par le mouvement du poignet. Elle n'en n'a pas exprimé le désir, elle connaît la réponse, il l'a écrite, il en a presque fait un aphorisme : « La peinture est une maîtresse jalouse, elle veut un homme tout entier. »

À l'un de ses meilleurs élèves venu lui annoncer avec enthousiasme son prochain mariage il a lancé crûment – elle est jolie ? tu l'aimes ? ton art est mort !

Quoi qu'il en soit, le long rêve de la nuit a taillé son chemin dans l'esprit de Joséphine, elle est venue retrouver le silence de l'église.

Serait-ce à travers de tels hasards que George Sand trouve la trame de ses romans ?

Joséphine de Forget, petite-nièce de Joséphine de Beauharnais, si elle n'écrit que des lettres à ses intimes, est douée elle aussi d'une imagination fertile. Elle aussi a un caractère trempé. Elle aussi a vécu enfant des heures tragiques qui ont hanté et hantent encore sa mémoire. Complice, à treize ans, de l'évasion de son père, le comte de la Vallette, condamné à mort pour complot contre Louis XVIII ; à treize ans, la main dans celle du prisonnier affublé des habits de son épouse, traversant les couloirs de la Conciergerie dans le bruit de charroi et de chaînes qui se fait alentour. Et le sauvant de l'exécution capitale.

De ces heures héroïques, elle a gardé un sens du caché qui défie l'ordre des choses.

À sa précédente visite, elle a aperçu le tronc à offrandes récemment installé au fond de la chapelle de la Vierge. Une anfractuosité ourlée de fer, ménagée dans la pierre lisse. Une présence au milieu de rien. Le tronc s'est présenté dans son sommeil. Il vibrait, il l'attirait. Elle y a déposé non une aumône pour les pauvres, mais un don destiné au peintre, son amant.

Elle est revenue seule à l'église pour accomplir le don.

Le bracelet est souple, il est vivant. C'est une part d'elle-même. C'est une gourmette d'or en maille tressée qui porte les initiales de son nom de naissance. Un bijou d'adolescente, cadeau de son père. Elle en possède beaucoup d'autres, des ornements de femme offerts par le mari qu'elle n'a jamais aimé. Ce bijou-ci, on ne le sent pas quand on le porte. Souvent elle l'oublie, elle dort avec la maille d'or, au matin le dessin est inscrit en tracé délicat sur sa peau. Jeune fille, jeune veuve, elle a toujours porté ce bijou qui garde, autant que le linon de ses chemises, la tiédeur du poignet. Elle le contemple avant de s'en dessaisir ; le fermoir est ouvert, il luit au creux de sa paume. Il veille, aussi loin qu'elle s'en souvienne, il a toujours veillé : il sera la ferveur de son amour veillant auprès du Solitaire attelé à sa muraille.

À l'instant où le bracelet a tinté en touchant le fond du tronc, la porte de l'église s'est ouverte. Quelqu'un est entré, s'est agenouillé dans la travée d'en face. Elle n'a pas levé le regard. Elle est restée prostrée dans le noir, sans prier, sans plus savoir, l'esprit plein de pensées bruissantes où se mêlaient le bijou d'or de son enfance blessée et la bague rouge sang de George Sand. Il lui a semblé que toutes deux étaient liées par les violences de l'Histoire. Presque aussitôt, le désir lui est venu de retrouver le tapage de la rue, le roulement des voitures, la boutique du confiseur à deux pas de là, où parfois elle s'assied devant une tasse de thé fumé.

Le soir, sous les torrents de lumière déversés par les réverbères, elle ira au bal Mabille rejoindre ses amis bonapartistes. On y joue depuis peu des airs de polka, une danse rythmée arrivée de Pologne. Le peintre Delacroix, son cousin, celui qu'elle aime, ne la rejoindra pas.

La prison dorée des obligations mondaines, à certaines heures, dissipe la brume des regrets et de la nostalgie.

22

« Les astres inclinent mais n'obligent pas. »

Les astres et la conjonction des planètes sont bienveillants envers les nouveaux riverains du square d'Orléans à cette heure. Ils se portent plutôt bien, ils se voient chaque jour.

Bousculant les codes, violant tous les tabous de leur art, traquant l'intensité de l'émotion comme le chasseur le vol d'oiseaux sauvages, ils « sont écrasés de besogne ». Rives de la Vistule dans la lumière des mazurkas ; bois noirs de la Bohême sous les pas de Consuelo ; décors aux senteurs d'ambre en marge des grands travaux d'Eugène, ils quittent leur corps quotidien. Ils se multiplient.

Et il pleut des mots entre l'atelier et le square d'Orléans. Il pleut de la musique chez eux et autour d'eux.

Le soir, théâtre, Italiens, ou repas à la même marmite. Ou signes envoyés par commissionnaire à ceux qui n'ont pu se joindre à la tablée :

avec trois lignes, George fait porter une pipe d'écume à Eugène retenu par son chantier.

Chopin a repris courage depuis son retour à Paris. Les soirées à l'Opéra, l'accueil empressé de la Maison Dorée dont il adore le précieux décor, les dîners chez les Rothschild ou chez la princesse Czartoryska qui l'accompagne au piano lui font un rempart contre son état.

Et les grands faiseurs dont la coupe anglaise habille le corps fourbu sont des désenvoûteurs de mal.

Comme toujours, il dépense sans compter pour sa nouvelle installation. Du gris tourterelle, des fleurs fraîches de grands fleuristes, une étagère d'acajou près du piano où déposer les recueils de poésie qu'il ne cesse de relire, pour commencer. Et des meubles du moment, cette fois. Il aime la clarté de la cour. Les heures arrachées au travail où il peut accompagner Pauline dans les vieux airs de Porpora dont ils raffolent.

Ses élèves sont revenus en nombre, impatients de l'entendre encore et encore sur les secrets de ce toucher qui « fait onduler la mélodie », et dont Liszt et Berlioz, à chaque rencontre, cherchent à percer le mystère.

« Il y a plusieurs espèces de sonorités comme il y a plusieurs doigts. Il s'agit d'utiliser ces différences. Et ceci est tout l'art du doigté. »

Pas plus de trois heures de travail chaque jour. Et puis, le chant ! Allez entendre les trilles de Rubini au Théâtre-Italien. María de la Felicidad Garcia, dite La Malibran, la plus belle voix du siècle, dans Rossini. Adolphe Nourrit à l'Opéra. Apprenez à chanter, vous retrouverez naturellement le phrasé, la vérité et la chaleur de l'expression sur le clavier. On ne peut pas espérer jouer du piano si on ne sait pas chanter.

Malgré sa réticence à *elle*, une fois de plus il a augmenté dans des proportions extravagantes les gages de son paresseux de valet, Jean. Il n'entend rien à ce principe d'égalité entre les domestiques auquel elle revient sans cesse. Il s'en moque, pour tout dire. Jean est hâbleur, insolent, il travaille mal mais il est polonais, il parle polonais, Chopin paie Jean au prix de l'or pour le plaisir d'entendre chaque jour les sonorités de sa langue.

À cette heure il rêve de retrouver Eugène comme il le retrouvait à Nohant. Leurs échanges sur l'harmonie, Mozart, l'eau de Cologne aux agrumes qu'on se pose le long des tempes pour chasser les maux de tête. Sur les chaussures en cuir souple du bottier Rapp. Sur l'art rigoureux du contrepoint. Si, dans certaines toiles de son ami, l'emportement et la violence des couleurs le choquent, s'il se doit de dissimuler autant que possible ce sentiment douloureux, il aimerait lui exprimer qu'avec nul autre il ne partage de telles affinités.

Mais lorsque, à bout de souffle après les leçons, il se met à écrire, ce n'est que pour recopier les manuscrits attendus par Pleyel.

C'est *elle* qui écrit pour lui, elle qui fait fleurir à sa place et à tout propos les billets de quatre lignes...

> Mon vieux chat, venez demain chez moi avant 2 heures, pour que nous vous menions au Conservatoire entendre Pauline qui chante des airs de Haendel avec chœur et un air de Mozart...

*

> Cher, j'ai ma loge pour *Sémiramis*, ce soir ; venez. Je vous garde une place jusqu'à 8h. Le n° est lettres C 1res loges. Écrivez un mot si vous êtes « at home ». Pauline fait Arsace.

*

> Cher, voilà qu'il nous vient une loge pour voir les Polonais danser ce soir à l'Opéra. Je n'ai plus songé à vous demander hier si vous persistiez à être des nôtres. Je l'espère, je vous y engage...

*

Cher ami, venez dîner avec nous ce soir. Ernst vient répéter avec Chopin le morceau qu'ils doivent jouer. Ce sera digne de vos oreilles.
Venez.

*

Et de lui :

Soyez assez bonne pour me dire à quelle heure vous partirez de chez vous pour aller au concert Chopin ; nous irons ensemble.
Adieu, bonne.

*

À madame Sand, dans le monde, Univers

Vous êtes tous des amours, Jean aussi. Je les embrasse tous, je les porte tous dans mon cœur et aussi les autres. J'ai un rhume du diable…

23

Soudain, annoncé par un début de tapage et sans que rien l'eût laissé prévoir, très tôt ce matin il y a eu un chahut d'enfer à l'atelier de la rue Neuve-Guillemin. Le vieux poêle a été renversé. Le feu a pris au plancher, les rapins affolés ont appelé les pompiers, le pire a pu être évité. Quand le maître va s'en apercevoir, les foudres vont s'abattre sur la troupe.

Mais justement ils l'attendent, le maître ! Il doit être à la Chambre, ou à Saint-Denis-du-Saint-Sacrement, ou avec le ministre Thiers occupé à débattre du prochain chantier. Il est partout sauf à l'atelier d'élèves où il devrait être.

Depuis trois jours, ils s'escriment sur la composition peinte du mois pompeusement intitulée *Agar dans le désert*.

À vrai dire, Agar et son destin n'embrasent pas leurs imaginations, l'aridité du désert biblique non plus. Mais mesurer leurs jeunes forces à la peinture d'histoire, « le grand genre », le plus prestigieux, celui qui se commente dans tous les journaux à chaque Salon, les galvanise.

Lambert, Valmore, Planet, Lassalle, Dudevant et quelques autres, se sont donnés à corps perdu à l'errance des bannis chassés par Abraham, dans l'éclat longuement travaillé d'un sable jaune de Naples qu'ils n'ont jamais vu. Mais au fil des heures, la présence du patron leur a manqué. Son pas sur le plancher. Le commentaire acéré qui stimule, recadre en déchaînant les rires. Le lyrisme, qui soudain leur fait baisser le regard. Ils n'ont rien eu de tout cela, pas un coup d'œil sur les esquisses, pas de corrections, pas de patron !

Et voilà maintenant que la pièce empeste le brûlé, qu'ils doivent éponger à quatre pattes l'eau répandue où flottent godets et couleurs diluées.

Rien ne va plus à l'atelier. L'absinthe sortie des fiasques les échauffe tous. La peur du feu n'a rien arrangé. Ils sortent en troupe. Ce n'est plus un chahut privé, c'est un déballage public. Valmore, fils de Marceline la poétesse, dressé devant la porte, a pris la parole. Il ne sait trop ce qu'il débite, il fait du battage, ses phrases claquent si fort que ceux du quartier ont accouru, ils s'agglutinent. Dudevant Maurice applaudit, comme les autres, mais il n'entend pas, comme les autres. Il observe. Il découvre.

Car celui qui se lance hardiment à représenter Agar dans le désert peut aussi distinguer, dans la rue de Paris en effervescence, les figures du marchand d'eau ; de la blanchisseuse qui pose son ballot pour entendre ; du pompier cambré dans sa tenue, les yeux écarquillés devant le meneur ; du chat filant le long du caniveau. « Pas besoin d'inventer, regarde et dessine, ne t'arrête pas ! » À l'atelier de Menn, Sulpice Guillaume Chevalier dit, Paul Gavarni, le répétait à son camarade Dudevant. Saisis, Mauricot, tu peux. Les postures, les tensions, les tics, les traits, toutes les variantes de la vie en effervescence sous la mine qui griffe rapidement le papier. Et, pourquoi pas aussi, quelques détails autour, n'hésite pas.

Et c'est ce qu'il fait sur le calepin sorti de sa poche.

Il s'écarte. Son crayon détache les figures. Rarement il a si vite et si facilement moissonné. Il jubile. En vérité il a toujours préféré le dessin à la peinture, ce n'est pas nouveau, autour de lui on ne veut pas comprendre ça...

D'ailleurs, dans une heure ou moins, l'orateur et ses disciples s'écrouleront, épuisés, sur les chaises de l'estaminet voisin. Il les quitte, la série de petits personnages précieusement serrée sous sa vareuse. Un trésor. Une réussite sortie de ses doigts sans qu'il l'ait cherchée. Il marche vite, il traverse la Seine. Le temps est doux. On prendrait ce début d'automne pour un milieu d'été. Et pendant tout le trajet jusqu'au square d'Orléans, il continue de découvrir. Deux fois il s'arrête et il croque à nouveau.

Pourquoi, tiens, ne pas passer déposer le calepin si bien garni sous les yeux de la mère ?

Me voici, ma chère mère, prenez le temps, je vous prie, de voir ce que je rapporte. Des types humains saisis sur le vif comme en flanque partout dans sa Comédie humaine votre ami Balzac. La rue m'a happé, elle m'a inspiré, j'ai lâché l'atelier. Je me sens si à l'aise dans le sujet que je vais bientôt être en mesure d'illustrer certains de vos ouvrages. Il va falloir que nous en débattions avec votre imprimeur…

Elle doit être à sa table. Plongée dans l'énorme pavé aride qui prétend exposer en détail l'histoire embrouillée des hussites. Voilà des jours qu'elle classe des informations avant d'envoyer pérégriner son héroïne chez les Slaves de la vieille Bohême. *La Comtesse de Rudolstadt* doit faire suite à *Consuelo.* Les lecteurs veulent des esprits habités, des nuits noires comme l'encre, de faux prophètes, des escaliers tortueux dans le style gothique cher à Mrs. Radcliffe et à ses confrères britanniques. Il les auront. À ce train malheureusement, elle n'a plus trop le temps de dessiner. Mais elle aussi possède, hors de tout souci de style, le sens du trait qui saisit l'aigu de l'instant.

*

– Maurice, mais comment ? Te voilà déjà ? Chopin a eu une mauvaise quinte ce matin, je descends le voir. Accompagne-moi, ton maître est chez lui.

Oh Seigneur Dieu, lui chez Chopin, est-ce possible ! Alors que les camarades sont devenus incendiaires et que le vieil atelier, dépositaire de leurs rêves à tous, a failli flamber ! – parce que le poêle ne s'est pas renversé par hasard, il y a eu un geste, je sais de qui, je l'ai vu, moi.

Il marmonne en lui-même. Il ne dit rien. Il n'ose parler de la révolte tapageuse qui là-bas les fait délirer et qui, en lui, subsiste et grandit. Le patron, les visites du patron et tout ce qu'elles impliquent, sont sacrés, ici. Il suit en s'efforçant de rester calme et en pensant : mais pourquoi faut-il que j'aille une fois de plus retrouver avec elle ces deux-là, quand j'avais des dessins réussis comme jamais à lui sortir ? Une fois de plus, entendre leurs jongleries de pensée. Une fois de plus les inventions qu'elle va se sentir tenue de relever *in extenso* dans ses carnets puisque tout ce qu'ils lui racontent est trésor à ses yeux.

Chopin a entrouvert sa fenêtre sur la fin d'après-midi ensoleillée.

On entend parler depuis la cour. Piano, silence, piano, voix du maître : « … vos harmonies naissent des relations entre les accords… de leurs reflets. Elles s'enchaînent. En peinture, c'est pareil. Les contours n'existent pas, la lumière les brise, les ombres glissent, elles n'ont aucun point d'arrêt distinct… »

La mère tend l'oreille. Le fils n'entend pas, il est enfoui dans sa fureur.

– Pardonnez-nous, nous vous dérangeons…

Déranger ? Ils ne se sont aperçus de rien. Autour d'eux la pièce est fermée comme une huître sur sa perle. Des vibrations tournent, la mère et le fils l'ont ressenti lorsque la porte s'est entrouverte. Maurice a croisé le regard de son maître qui l'a vu sans le voir, qui poursuit : « … un matin très clair, j'attendais un fiacre. Quand il est apparu au bout de la rue, il était d'un jaune serin criard… et son ombre était violette ! »

Chopin ne semble plus prêter attention. Ses mains mènent la course, il murmure que rien de distinct ne lui vient.

– Des reflets, des ombres, des reliefs… Ils ne se fixent pas… Je cherche la couleur, je ne trouve même pas le dessin…

– Vous ne trouverez pas l'un sans l'autre, vous allez les trouver ensemble... Tiens, Maurice, donne-moi ces deux coussins. Si je rapproche le bleu du rouge, les tons se pénètrent. Le bleu se teinte de rouge, regarde. Et le rouge de bleu. Le violet apparaît... et là d'autres tons... des couleurs sans nom, des demi-tons qui n'existent pas sur la palette, qu'il va falloir inventer.

Au fait, la frustration, le chahut des jeunes révoltés, se prolongent-ils encore, rue Neuve-Guillemin ? Est-il encore leur frère d'armes, Maurice Dudevant, qui reçoit dans l'intimité d'un salon de famille ce ferment donné à lui seul ?

Qui connaît comme personne, à les côtoyer journellement, le prodigieux de ces deux-là. Et aussi, leur toux, leurs maux de gorge, leurs manquements, leurs inexplicables absences.

Sur le calepin secret, le soir, s'inscrit une constatation de tout jeune homme.

Lucide. Lapidaire :

> « Deux grands génies. Malades tous deux, nerveux tous deux. »

24

Parfois il arrive que ce soit elle, George, sans raison précise, qui s'offre de passer à l'atelier du peintre, elle ose.

Elle ne s'assied pas. Elle ne fume pas. Elle le regarde se battre avec l'ange de sa vérité. D'elle il le tolère, car elle va au feu comme lui. Ils parlent peu ou pas du tout. Ils ont établi sans le chercher ce rendez-vous de silence. Parfois, ils avalent un demi-verre de bordeaux. À deux reprises elle a croisé là une jeune fille qui entre, sourit, dépose quelques esquisses, fait une sorte de révérence et s'éclipse.

– Florentine Galien, a-t-il lancé après son départ avec un rapide geste vers la porte. Plus opiniâtre que celle-ci, ça n'existe pas ! Elle s'était fait engager chez moi pour chasser les poussières. En réalité elle avait dans la tête de devenir peintre et rien d'autre. Elle m'a observé à la dérobée. Elle a un vrai sens des couleurs. Bien entendu je ne peux pas lui demander de m'assister dans mes chantiers, c'est une femme. Je le regretterais presque… Nous avons établi elle et moi une espèce de convention. Elle dépose son travail, je griffonne un avis. Elle vient reprendre ça avec discrétion, elle sait que je n'ai pas de temps à perdre. Il est fort possible que le printemps prochain, elle présente une toile au Salon.

– Vous seriez donc son maître à elle aussi ?

– Du tout. Disons que c'est un compagnonnage à distance. Vous qui cultivez le mot, ma chère amie…

Elle a pensé – étrange tolérance chez l'irréductible… La petite est gracieuse.

Quoi qu'il en soit ni silence, ni confidences aujourd'hui, le numéro de la *Revue des Deux Mondes* posé sur la table bouscule les habitudes.

La romancière a remarqué la feuille ouverte à son entrée. Elle fulmine.

– Vous avez vu ? Vous avez lu comme moi ce qu'ils osent écrire ?

– La relation du récital donné par Chopin et Pauline ?

– Relation, dites plutôt éreintement de la plus belle eau ! Ils prétendent que le jeu du pianiste était grêle, qu'on ne l'entendait pas. Évidemment, ce n'était pas du piano-circus à la Thalberg, c'était tout le contraire, un ravissement. On cherche à me viser moi derrière cet article. Je ne suis pas dupe… Ils s'imaginent que c'est à travers ceux que j'aime qu'ils vont pouvoir me blesser.

– Vous avez publié Consuelo dans *La Revue indépendante*, on en parle, le succès est là. Buloz est froissé et plus que ça, il réplique, rien d'étonnant. Il en a les moyens, la presse est toute-puissante. Vous ne l'ignorez pas, vous le vivez vous-même.

– Ils vont avoir affaire à moi.

– De quelle manière ?

– Je n'en sais encore rien. J'espère surtout que Chip Chip ne lira pas ces lignes ! En ce qui me concerne personnellement, leurs provocations ne me touchent pas. Je vous l'ai dit, voilà un moment que je me suis suicidée volontairement pour m'empêcher de mourir.

Rien de tel. Rien de tel qu'une morte vivante de cette trempe pour voler au combat sans redouter les coups. Ce *rubato* de Chopin, ce songe de poésie contraignant la salle à se tenir aux aguets, ces notes qui tombent « comme les gouttelettes d'une rosée diaprée », elle s'en fait le bouclier. Il va bien falloir que l'on comprenne. Les plaintes du Prélude en *mi* mineur qualifié de discordantes. Et la douce éternité de *L'Éducation de la Vierge* qu'Eugène lui-même hésite encore à mettre au Salon, ça aussi.

Elle n'osait aborder la question. Elle s'y lance, avec véhémence.

– Cette toile si sereine, cette douce lumière qui éclaire mes jours sombres, qu'attendez-vous pour la proposer, mais qu'y a-t-il donc ?

– Il y a que certains ne supportent pas ma vision des sujets religieux. La plupart, pour être franc.

– Erreur, Eugène ! La plupart, comme vous dites, se moquent bien du sujet, qu'il soit religieux ou non. C'est au génie du peintre qu'ils en ont. À l'intensité des couleurs, à l'impétuosité du dessin qui choquent leur sacro-saint formalisme académique. Ingres et sa clique s'agitent furieusement pour empêcher votre élection à l'Institut et croyez-moi, ils sont bien placés pour le faire. Je l'ai entendu dire, voilà la vérité !... Le salon du Roi au Palais-Bourbon était un chantier plein d'embûches. Le résultat est une brillante réussite. On l'a écrit, on l'a dit, certains ne se remettent pas du succès. Contre-attaquez ! Donnez-leur le coup de grâce avec la coupole de la bibliothèque du Luxembourg. Avez-vous décidé du sujet ?

*

Le sujet ?

L'atelier est au repos. Le chat tigré aux yeux couleur mirabelle dort, lové sur la marche d'une échelle. Le peintre rêve éveillé à ses côtés. Voilà des mois qu'il déploie des forces d'enragé sur ses « murailles ».

Le mal de gorge revient, s'en va.

L'intense plaisir de peindre sur des formats géants ne masque plus l'épuisement du corps. Il n'en a conscience que par intermittence. Il ne s'arrête à cela que lorsque la fièvre s'en mêle.

En trois endroits de Paris il a allumé des feux. Les chantiers progressent simultanément, les équipes s'activent du matin au soir. À Saint-Denis du Saint-Sacrement, le délicat traitement de la couleur sur la Pietà a été confié pour quelques jours à Lassalle-Bordes, un ancien élève doué, capable d'exécuter les désirs du maître. Au Palais-Bourbon, Ciceri, l'habile chef d'atelier de l'Opéra, est attelé aux détails des décors. À la bibliothèque du Luxembourg, la préparation s'achève. Plus de risque d'infiltration sous la toile marouflée lorsqu'elle sera hissée dans les hauteurs. Les vérifications ont été faites.

Il flotte. On ne choisit pas un sujet. L'étincelle jaillit, se disperse.

Herbes, arbres, vols d'oiseaux.

Françoise traversant la prairie.

Délice d'une fin de journée dans la vapeur chaude montée de la terre à l'heure où la servante avançait, une carafe d'eau à la main, vers le cercle des fauteuils de paille.

Phrases lues, envolées dans le soleil couchant. Plénitude.

« Faites comme moi, Eugène, écartez les noires réflexions à grands coups de pied !... Nous sommes éternels. Rien ne meurt, rien ne finit. »

Peindre un paradis éternel au fond de la coupole ?

Sept mètres de diamètre environ sur trois mètres de profondeur. À enchanter.

La maquette qui reproduit à l'identique la courbure de la voûte vient d'être livrée à l'atelier. Le menuisier est compétent. Le bois, vierge de tout défaut. Poncé. Lisse. Pâle. Il appelle la main. En y mettant des semblants de figures, il sera possible de savoir si elles ne donneraient pas l'illusion de *tomber* sur le visiteur au lieu d'élever son regard.

La question est posée. À résoudre au plus vite.

Aller au palais du Louvre, obtenir la consultation des estampes consacrées aux plafonds de Véronèse dans les villas palladiennes. Les Italiens sont les grands maîtres de la perspective en contre-plongée.

Sur la table s'éparpillent des études à la mine de plomb.

Celle du « petit bois » des promenades à Nohant. Des croquis sur le motif restés au fond de la malle. Il vient de les sortir, il feuillette. L'un d'eux glisse à terre ; profil de Chopin, une couronne de laurier sur la tête ; Chopin-Dante, le poète des poètes. Au bas de la feuille deux mots à peine lisibles. C'est lui-même qui les avait écrits, quand donc cela l'avait-il pris ? « Cher Chopin »...

Votre sujet, a insisté George. Joséphine aussi, avec la même impatience.

Joséphine a dû user de son charme pour se glisser dans la bibliothèque du Luxembourg en travaux. Elle ne l'a pas avoué. Il s'en doute. Il pense à elle avec plus d'émoi qu'elle ne le croit. Étrange obsession que la sienne d'aller retrouver son amant là où il n'est pas. Ils se voient si peu. Il aime sa sensualité et sa subtile intelligence, les arcs-en-ciel d'étoffes qui habillent sa douce peau blanche. Il n'ignore rien des regrets qu'elle cache sous des apparences de frivolité mondaine. Elle est observatrice, subtile, il n'est pas dupe.

Qu'est-ce que l'amour ? Un vertige ? Une chute dans le vide ?

Comment faisaient-ils, les anciens maîtres, les Rembrandt, les Rubens, entre les nuits passées auprès de leurs épouses-amantes et les trottinements d'enfants au petit jour, pour répondre à l'impérieux appel de la palette ?

Le sujet.

Pour une fois éviter les dédales de la mythologie.

Dante, *Divine Comédie*, beauté pure, suggère le croquis rapporté de Nohant, pourquoi pas ? Thiers n'y sera pas opposé si la présentation préalable est convaincante. Thiers suit quoi qu'il arrive l'inspiration de son peintre préféré.

> Ainsi je vis des foisons de lumière
> Fulgurées d'en haut par des rayons ardents,
> Sans voir la source des éclairs.

Éclairs, rayons, lumière. Il voit.

Dans le jardin de cette éternité, une aurore couleur d'or et de saphir pâle baigne le vert doux des prairies. Homère, Virgile, d'autres grands esprits qui ont rayonné sur le monde des hommes, s'avancent pour accueillir le poète au cœur de la Cité céleste. Au milieu d'un petit groupe en conciliabule converse Aspasie, hôtesse d'une maison ouverte à tous les arts.

Elle est vêtue d'une fluide tunique couleur de neige.

Elle a de lourds cheveux noirs.

Il se lève. Déjà, distingue. Déjà, crayonne sur la maquette. Les quelques vers sortis de l'immense poème imposent un rythme. La procession sera ponctuée de bosquets d'arbres et de fleurs, elle ondulera tout le long cercle. Au centre voleront des oiseaux et des créatures ailées.

Soudain une pensée malicieuse le traverse. Qui, dans les temps futurs, soupçonnera que le Dante représenté de profil par Eugène Delacroix au Luxembourg pourrait être le compositeur Frédéric Chopin ? Qui, s'il ne vient à retrouver par hasard, oublié, serré dans une liasse de dessins, le petit croquis sorti de la malle de voyage avec les mouchoirs blancs et les chemises rangés par Françoise ?

« Cher Chopin » …

Qui donc pourra supposer qu'Aspasie à la chevelure sombre ait rappelé au peintre un portrait commencé un jour de grande chaleur au son d'un piano ? Et qu'il n'a jamais pu achever.

Retourner à Nohant en juin ou en juillet.

Insensé ! Les équipes vont bondir à la nouvelle, il y a des retards partout. À Saint-Denis-du-Saint-Sacrement, Lassalle-Bordes peine sur les rouges et lui-même se sait attendu sur le jeu savant avec la lumière dans ce fond de puits qu'est la chapelle de la Vierge.

S'ils échouent, si l'ombre gagne la partie, les critiques seront incendiaires…

25

Le petit bois de Nohant est tapissé de pervenches et de violettes, les groseilles rougissent dans le verger. Le domaine, paraît-il, s'est réveillé, il attend la maîtresse de maison. George Sand ne se détend pas encore dans le nid parfumé de sa terrasse, pourtant. Elle doit affronter des casse-tête financiers.

Administrer un « demi-château » et ses terres ne l'a jamais impressionnée, mais l'extravagance de posséder une revue se paie par des tracas qui croissent plus vite que les arbres de ses domaines. Les solutions, si elles existent, se trouvent à Paris, non en Berry. Et à la table de Carlotta, tous les soucis se partagent. Les Viardot surtout, Pauline et son mari, sont des amis d'une complaisance inlassable. Quant à Maurice, malgré ses expéditions buissonnières, il fait de sérieux progrès à l'atelier Delacroix.

Elle est là, au centre de tout.

Elle écrit. Elle veille. Il lui semble par moments que si elle laissait courir son regard un peu plus loin, elle agrandirait leur phalanstère aux proportions du monde et qu'alors elle percevrait les deux souffles à la fois. Celui de sa tribu protégée, active, et celui, étouffé, d'un petit peuple plongé dans l'oubli le plus sombre. Non ses camarades Compagnons qui lui envoient leurs recueils de vers, mais les ignorants et les obscurs. Ceux-là, les laissés-pour-compte, elle ressent jusqu'au fond de l'être leurs espoirs vains, leurs corps rompus ou malades, leur existence de désespoir.

Une voix pleure en elle depuis sa toute petite enfance. Depuis les rires brisés de sa mère, Sophie Victoire, dans l'humble grenier de la Grange-Batelière. Ouvrage après ouvrage, sa compassion envers les « pauvres gens » inonde ses récits. Trop longuement, trop souvent, certes. Eugène et Chopin déplorent ces digressions, ils le disent. Buloz, lui, ne s'était pas gêné pour opérer des coupes sérieuses à l'heure du *Compagnon*. Inutilement prolixes à leur sens à tous, mais pour elle nécessaires.

Elle a en tête la phrase solennelle écrite sous son portrait par Charpentier publié dans *L'Artiste*. On y assurait que l'Europe entière avait les yeux fixés sur elle et que « chacune de ses paroles retentissait comme un coup de canon dans l'âme des peuples ».

Poursuivre, quelles que soient les réticences des proches et les attaques des commentateurs inspirés. Ne pas fléchir.

Quelques feuillets de la dernière livraison de *La Revue indépendante* traînent sur un fauteuil, Chopin apparaît, il s'est habillé pour sortir. Sa leçon du soir sera suivie d'un dîner, une voiture de maître doit venir le prendre. À la trouver seule, son visage s'éclaire, mais les préoccupations qu'elle ne lui cache pas l'atteignent. Tout ce qui la touche l'atteint.

– Où en êtes-vous des inscriptions de vos nouveaux abonnés à *La Revue indépendante* ? Le nombre augmente-t-il ?

– Point à ce jour.

– Vous avez pris des risques si importants, je m'inquiète.

– Ce qui me navre surtout, c'est la lâcheté de quelques-uns qui nous avaient promis leur collaboration. Ils s'en vont les uns après les autres.

– Avouez que votre prophète Leroux, avec ce communionisme qu'il brandit, a de quoi les affoler !

– De quoi ont-ils peur ? Sa philosophie parle au cœur des hommes. Elle est d'une clarté absolue.

– Et d'un dogmatisme insupportable !

– N'exagérez pas.

– C'est lui qui exagère. À le lire, dans dix ans il n'y aura plus de propriété. Ni Nohant, ni traditions, ni chants des laboureurs que vous aimez tant, ni valets dévoués…

– Il n'y a jamais eu de valets à Nohant, vous le savez bien, je n'ai chez moi que des fonctionnaires de maison. Enfin Chip Chip, votre borné de Jean est assez follement rétribué par vous pour que mon souci de trouver un statut correct à ceux que j'emploie ne vous choque pas.

Il ne dit rien. Cette question-là lui importe peu, son esprit réside ailleurs. Cœur brûlant sous le fiévreux du souffle entravé, il cherche le regard de sa maîtresse. Il guette l'éclair qui les chavirait l'un et l'autre. L'éclair a disparu, l'ardeur s'est refroidie. Il ne la perçoit plus qu'au contact de la main posée sur son épaule, quand les immenses arpèges les emportent dans les neiges blanches et les lumières moirées des légendes slaves.

Elle devine ce qu'il ressent, elle sait ce qu'il désirerait. Elle est ailleurs mais elle comprend, avec tendresse.

– Je vous remercie d'être si présent, le moment est difficile… Votre amitié m'est très douce, Chip Chip. Si vous vouliez bien, j'aurais une prière à vous faire.

– Laquelle ?

– Vous m'avez vue griffonner et me démener au sujet de la pauvre Fanchette.

– La petite fille trouvée ?

– La petite fille si heureuse chez les sœurs de l'hospice, que les sœurs, naïves et conseillées par leur criminel administrateur, sont allées un beau jour « rendre à son destin », comme elles l'ont dit. En l'abandonnant près d'un bois, habillée comme pour aller à la messe. Plongée dans toutes les terreurs du noir, dans les bruits effrayants de la forêt ! Vous m'avez entendue m'indigner à ce récit épouvantable. Dénoncer le crime. Enfin retrouver cette enfant plus pouilleuse et pitoyable que jamais au milieu d'une troupe d'acteurs ambulants. Des pratiques de ce genre, des agissements aussi indignes de la part de notables au pouvoir demandent à être dénoncés. Et combattus avec la force la plus véhémente.

– Vous l'avez fait avec votre fougue habituelle. L'histoire est horrible. J'ai admiré votre courage et votre opiniâtreté. Que voulez-vous faire de plus pour cette Fanchette, à présent ?

– Pour Fanchette et pour les autres, moi seule, rien. Mais avec mes amis berrichons nous allons fonder un journal d'opposition en province. Il sera dans le même esprit que *La Revue indépendante*. Et cela pour ouvrir aux réalités le cerveau obtus de nos pauvres provinciaux.

– Vos amis ! Pierre Leroux, bien entendu ? Vous le retrouvez donc toujours partout, celui-ci !

À nouveau le désarroi qui fait battre le cœur trop vite, à nouveau le désir sans mesure de s'approprier celle qui s'échappe.

– Leroux est un flambeau. Nous attendons toute lumière de sa pensée. Je serais heureuse que lui soit confié *L'Éclaireur de l'Indre* en Berry. Il montera une imprimerie sur place et de là il dirigera le travail des ouvriers... Reste la question du financement.

– Vous avez déjà financé Leroux à outrance pour la *Revue*, vous et Viardot ! Où allez-vous vous arrêter ?

– Il s'agit d'une autre affaire.

– Leroux n'entend rien aux affaires. Il exploite votre générosité, il le fait sans mesure. Enfin, Aurora, vous prétendez que je dore les basques de mon valet Jean, que dire alors des frusques de ce chevelu à qui vous faites des rentes ?

– Je finance sa pensée, non sa personne.

– Quelle différence quant à l'engagement de votre argent ?

– Aucune, je l'admets. Il est vrai que je me suis engagée considérablement pour la *Revue* et que je n'ai pas aujourd'hui les moyens d'aller plus loin. Mais je ne renoncerai pas. Vous qui êtes si généreux, m'apporteriez-vous une aide pour ce projet ?

– Une aide au bénéfice d'un illuminé qui annonce la disparition des domaines de famille !

Je suis un exilé. Je ne possède rien en propre hormis mes pianos. Mais je viens d'un pays blessé où l'infamie de l'occupant a, des siècles durant, raflé sans vergogne des terres sacrées sur lesquelles il n'avait aucun droit.

– Je sais... je sais bien...

– En mémoire des souffrances dont j'ai été témoin, les théories de Leroux me glacent. Elles m'affolent. Je n'aime pas en outre qu'on vous traite d'ardente révolutionnaire dans les journaux. Je déteste ces propos.

– Ce sont des propos en l'air.

– Ils resteront. Ils s'amplifieront. Ils vous emporteront plus loin que vous ne l'imaginez, je le sens... Pourtant je vous vois tellement soucieuse... je signerai un billet à ordre à porter au crédit de votre projet.

– Je vous remercie. Vous êtes généreux comme toujours... Je savais que vous ne m'abandonneriez pas.

Elle le contemple, vêtu comme s'il s'en allait à un bal de cour. Il vit entouré de l'adulation de ses élèves, parmi les louanges et les murmures troublés des femmes. Il veut ignorer l'aridité du monde, depuis toujours sa condition de virtuose l'en protège. Mais ne pas entendre ses sollicitations lui est impossible, il en est entre eux comme d'une évidence.

Mystérieuse est la relation qui les unit, faite de divination, de captation, de blessures partagées.

De signes de reconnaissance qu'ils sont seuls à saisir.

26

Nohant, juillet 1843.

Avec la mobilisation généreuse des proches, les finances nécessaires au projet du nouvel organe de presse provincial ont été réunies. Il semble bien que *L'Éclaireur de l'Indre* soit sur le point d'exister, et que la petite imprimerie de La Châtre s'apprête à publier le journal sous la direction du « vieux » – Leroux, installé sur place, et toujours aussi peu soigné de sa personne…

Enfin, Chopin a « refait connaissance avec le piano » de la maison. Pauline vient d'accoucher, elle est là avec son enfant. La maîtresse de maison se trouve au jardin, elle s'apprête à entamer ses confitures.

Avec bonheur, George Sand a retrouvé ses dieux lares. Son fils aussi, elle l'a sommé sèchement d'abréger le temps de villégiature qu'il s'offre à distance.

Maurice musarde, il est devenu homme, elle n'avait pas eu le loisir de s'en apercevoir. Sur ordre formel, il a quitté Guillery, la propriété du père où il traînait dans le désœuvrement avec son oncle Polyte devant des tables trop arrosées.

Et pour faire acte de soumission, il a été prié d'ajouter quelques lignes au bas de la lettre d'invitation de la mère à son maître : « ... on s'agite, on se tourmente et on vous écrit pour vous rappeler que vous êtes demandé à cor et à cri... Chopin y compte, Maurice y compte, et moi donc ! Et mon gros frère. [...] Et Françoise qui dit que vous devez achever son portrait !... »

Post scriptum :

Mon cher bon maître, je suis arrivé avec mon oncle qui ne s'est pas lassé de parler de vous, depuis son départ jusqu'à son arrivée, parce que ma mère m'avait écrit une lettre dans laquelle elle me disait de revenir vous retrouver ici à Nohant.
C'était un prétexte pour me rappeler auprès d'elle et pour travailler. Polyte a été furieux de ne pas vous trouver en arrivant.
Maintenant que je suis ici, je vais me mettre à l'ouvrage, j'ai demandé des couleurs à Paris et j'espère vous montrer que je n'ai pas trop « fainéantisé » à la campagne. Quand vous viendrez nous voir, n'oubliez pas vos bons cigares, car vous savez qu'ici on en trouve peu de bons.

Adieu, mon cher patron, je vous embrasse. Si vous ne pouvez pas lire mon écriture, c'est la faute de tous les clous que j'ai plantés ces jours-ci, je vous en demande pardon pour eux.

Maurice

Le cher patron s'est arrêté à Vichy pour rencontrer son frère, mais il arrive. Avec les cigares, un briquet de luxe, de la sucrée de noisette pour Solange.

Généreux, bien entendu ; « important et aimable » aussi, comme toujours. Il sera là une semaine pas plus, c'est beaucoup trop quant au programme qui l'attend à Paris, mais il faut qu'il revienne à la source.

Comme hier, que la chaleur se déploie au-dessus des prés après les fenaisons.

Comme hier, l'angélus à l'église, les chaumières bossues, le pas lent de Françoise à l'heure du chocolat. Les nappes de musique au fond du petit cabinet de solitude.

Dans sa chambre lui parviennent le parfum du jasmin blanc, l'air vibrant de phrases déjà entendues. La répétition est irréelle. Il l'attendait.

À quelle heure dînera-t-on ce soir ?

A-t-on pensé à donner le repas des chiens ?

Eugène, j'ai besoin de vous. Chip Chip ne va pas bien, il se claquemure, il me désespère. Aidez-moi à l'attirer dehors ! Il a le souffle court, mais l'âne est sorti, on l'a préparé pour le promener. Nous pourrions prendre ensemble par les allées du bois de Chanteloube. Vous sur mon gros cheval pour pousser plus loin. Il y a là-bas un vieil arbre du temps de Charles VII, on l'appelle l'Orme Râteau, il va vous intéresser… Les laboureurs racontent qu'il est habité par un homme noir de vingt pieds de haut. C'est un superbe monstre, vous serez fasciné ! Pensez à prendre vos crayons.

Les crayons, est-ce tout, est-ce vraiment tout ?

Parce qu'il y a du nouveau à Nohant, un atelier a été aménagé dans le grenier. Bien sûr qu'il s'est juré de ne pas toucher à un pinceau pendant ce court séjour. Bien sûr que le grand volume calme et lumineux qu'on lui fait découvrir, là-haut, donnerait des démangeaisons à un manchot.

Et puis elle, après le dîner :

– Montez demain matin vers dix heures. Je n'y serai pas, je dormirai. Mais vous verrez.

– Quoi donc ?

– Une surprise. Vous ne vous souviendrez plus que vous êtes peintre d'Histoire.

– Vous voulez dire ?

Un déferlement de fleurs humides.

Le jardinier les a coupées dans la fraîcheur de la rosée, à l'heure où le soleil se lève au-dessus du bois. Les zinnias raides, pourpre, ivoire, lie-de-vin, presque noirs, les soucis orangés, les grands lys jaunes, les fuchsias, les roses aux chairs crémeuses, les mauves à cœur violet, rassemblés en brassée désordonnée et opulente dans un gros pot de terre.

Jamais il n'aurait songé à peindre des fleurs. Son regard survole, se perd. Sa main brasse, enlève, remet, assemble, il n'y prend pas garde, il ne s'arrête plus. Au centre de la pièce, un chevalet et une toile attendent, entre des étagères neuves chargées de fournitures.

Il plonge. Il esquisse un fond d'or liquide qui s'assourdit en touches sombres sur les bords.

Pas une seconde elle n'avait douté qu'il résisterait à la griserie de cette profusion. À l'instant où elle frappe légèrement à la porte, il s'exclame :

– Entrez, c'était un piège ! Vous m'avez jeté dans la confusion. Ces fleurs me rendent fou, elles m'éblouissent, elles m'aveuglent. Je ne peux pas me décider à les éteindre. Il va falloir pourtant que j'en sacrifie les trois quarts pour faire sortir l'essentiel.

Il va s'y remettre immédiatement après les promenades, après les heures passées près du piano, il s'y glisse. Le temps trop court le précipite. L'éblouissante composition qui a jailli sur la toile n'est plus le bouquet assailli de chaleur. Les hampes ont fléchi, le carmin des zinnias s'ourle de vert, les pétales des roses s'écartent, leurs couleurs pâlissent, le pistil apparaît. Une autre réalité se révèle, suspendue, transitoire. Il va modifier la peinture. Elle la lui arrache.

– Ah non, n'y touchez plus, je vous l'interdis !

– J'y suis contraint ! Je découvre la géométrie, l'architecture de ces fleurs, je n'avais rien vu.

– Mais vous aviez saisi leur magnificence première, ne saccagez pas ça, elles le veulent, elles vous le demandent ! Les fleurs s'expriment. Enfant, j'entendais les coucous rire dans les champs avant la pluie. Ce sont des êtres vivants.

– Et mutants. Il me manque le dernier maillon. La réduction des formes et les tons qui restent dans l'herbier. Pourriez-vous me sortir les vôtres ? Je voudrais comprendre.

– Comprendre ?

– Comprendre.

L'odeur éventée, légèrement fétide, qui s'exhale de l'herbier ouvert, les plonge dans une sensation de passé retrouvé. Il dessine les formes.

Elle s'est assise près de lui, troublée, la gorge serrée.

– Encore un été qui va finir avant de commencer ! Je vous ai tellement attendu, vous plus que tous ceux qui passent ici. Pourquoi ne restez-vous que quelques jours ?

Sous l'épaisse reliure de cuir, rien n'altérera les filigranes écrasés entre les pages, les gris fumeux, les bleus fanés, les présences suaves comme des âmes en sommeil. Les fleurs des anciens étés se livrent dans le secret de leur éternité.

– Rien ne finit, Eugène.

C'est le deuxième séjour à Nohant. C'est le même ensorcellement, la même suite de découvertes. Tout a passé si vite, si inopinément. À peine a-t-il perçu ce qui semble se déliter dans l'ombre, ce je ne sais quoi d'indéfinissable qui ne se déclare pas, mais cherche à atteindre l'intégrité de la maison. Quelque chose comme le passage d'une eau bondissante se rétrécissant brusquement, empêchée par un obstacle que nul ne pourrait définir.

Bien entendu elle s'en aperçoit. Une menace sourde tourne parmi les siens, elle en est consciente plus que les autres.

Des éclats de voix dans l'escalier, parfois, la réveillent. Des chicaneries absurdes éclatent au dîner. Ce matin, les pages tout juste achevées lui tombent des mains, elle ne les relit pas. Chercher à savoir où Solange va s'échapper la journée entière sans daigner prévenir, exhorter Maurice à monter travailler sa peinture, après tout elle s'en moque. Que les « mioches » aillent à leurs caprices comme ils l'entendent, elle est lasse. Lasse de veiller sur trop de vies, celles des siens et celles de la troupe exigeante des « bonshommes » qui chaque nuit absorbent ses forces.

Comme la fillette sauvage qui s'échappait au fond du parc de sa grand-mère pour s'adresser aux plantes et aux lézards, c'est à la terre d'août, encore humide du dernier orage, qu'elle a besoin de s'abandonner.

Eugène comprendra. Lui aussi se réfugie dans la verdure quand il a soif de paix.

Cher ami,

> … Je sème, je plante, je fume mes plates-bandes, je fais des massifs, j'enfonce des pieux, je relève des murs, je suis en sabots toute la journée. […] Je ne plante pas un brin d'herbe sans penser à vous, sans me rappeler comme vous aimez et comme vous « appréciez » les fleurs, et comme vous les sentez, et comme vous les comprenez, et comme vous les peignez. Mon beau vase peint par vous est encadré. […] Je le vois de mon lit en m'éveillant, et de ma table en écrivant, et de partout. C'est mon point de mire. Il n'y a pas une fleurette, un détail, qui ne me rappelle ce que nous disions pendant que nous étions au chevalet…

Et de lui encore, plus tard.

Chère tendre et bonne amie,
Vous êtes bien heureuse que je ne vous aie pas répondu tout de suite, vous auriez eu un volume d'absurdes tendresses et je ne trouvais pas de papier assez grand pour vous l'écrire. Je crains toujours d'être un peu bête dans mes premiers mouvements de tendresse, surtout avec vous que j'aime d'une manière tout à fait originale…

27

Paris, automne 1844.

L'église Notre-Dame-de-Lorette n'a que huit ans de vie. La construction a été lancée sous Louis XVIII, Louis-Philippe l'a fait achever. C'est un salon de prière très coloré qui raconte la vie de la Vierge d'après des textes apocryphes. Elle est éclairée au gaz. Les fervents de mystère se choquent de cette débauche de décors pour accompagner leurs oraisons. Tout près, au cœur de cet ancien quartier de guinguettes et de cabarets, des travaux de grande envergure ont été lancés. Par autorisation de la ville, les bâtisses inachevées sont louées à des lorettes « le temps que sèchent les plâtres ». Dans les rues alentour, marcher est périlleux, les charrettes s'embourbent, les chevaux glissent. La pluie de Paris crée des flaques et des mares tandis qu'ici et là, sur une poutre ou sur une pierre au rebut, s'inscrivent des aveux d'amour ou des obscénités.

– Ici au moins, a plaisanté Joséphine de Forget en déposant son cousin au nouvel atelier, vous n'aurez pas à convoquer vos modèles, vous en trouverez à votre porte en descendant.

Il a répondu qu'une lorette n'est pas un modèle. Que poser est un métier. Que rarement les peintres vont chercher des modèles dans les « petites maisons », ce n'est pas dans leurs habitudes.

– Bien que la Païva ait posé, mais il s'agissait de son propre portrait. La Païva est une lionne, et de la plus belle espèce. Ce n'est pas une lorette.

– Qu'est-ce qui fait la différence ? Est-ce le nombre d'amants ?

– Le nombre d'amants et le train de vie ! La Païva va faire construire un hôtel place Saint-Georges. Les artisans, sculpteurs, décorateurs, tapissiers, ont été retenus paraît-il. Ce sera plus fastueux que tout ce qu'on a vu jusque-là dans le genre. Ici c'est le contraire, les lorettes s'entraident, elles se battent contre la misère. À propos, avez-vous lu, dans la dernière livraison de *La Comtesse de Rudolstadt*, la ballade de George Sand sur « la bonne déesse de la pauvreté » ? C'est très beau. Je lui ai écrit que j'allais faire sonner le canon en son honneur.

– Vous qui étiez si sévère sur l'évolution de ce feuilleton…

– Je l'ai été et je le serai chaque fois que son sens poétique s'effacera derrière des discours inutiles ! Il y a de la grâce dans *Consuelo*. Mais si Buloz devait publier l'ouvrage, il imposerait des coupes. Leroux dicte ses théories à George Sand, son influence est désastreuse. S'il en était capable, du reste, il ne serait pas un relecteur critique, c'est elle qui finance son journal !...

– Vous châtiez parce que vous aimez. Vous portez un bel amour à George Sand...

– Et vous êtes Consuelo... Ma consolation, l'unique... Je sais que je ne vous mérite pas ....

Il sourit au regard clair chargé de questions qu'elle ne formulera jamais.

Le demi-jour de la voiture pose une ombre bleutée sur le visage et sur les épaules dénudées dans le fouillis de faille verte. Leurs rencontres amoureuses se font de plus en plus rares. Joséphine part pour un séjour au bord de la mer. Il ne l'accompagnera pas dans la douceur de la lumière de Normandie qui filtre les couleurs, il est « sur les dents ». Avant de retrouver le Luxembourg, il doit faire un saut à l'atelier. Il lui a parlé en long et en large et avec passion de l'aménagement de ce nouveau lieu de travail. Elle refuse d'y monter. Partager l'espace avec le peuple des toiles lui déplaît. Elle ne se rendait déjà plus rue des Marais-Saint-Germain. Ils se rencontrent chez elle.

Au demeurant il est pressé, sa main fine et nerveuse de peintre est posée sur la poignée de porte. Elle la saisit, y pose les lèvres, la garde serrée entre les siennes.

– Je ne porte plus mon bracelet d'or depuis quelque temps, l'aviez-vous remarqué ? Mon plus jeune fils, lui, s'en est aperçu immédiatement. Je lui avais raconté que c'était un cadeau de mon père lorsque nous vivions cachés, après l'évasion de la Conciergerie. Les enfants n'oublient pas.

– Et pourquoi ne le portez-vous plus ?

Sous la flamme du regard qui la fouille, qui décèle une intention cachée ou une sourde nostalgie, ou les deux, elle attend. Elle s'éternise pour prolonger les secondes où il n'est plus qu'attention posée sur son secret. Il n'y a pas d'âme sœur, il n'y a que des instants suspendus qu'on garde pour les ajouter aux autres avant de les enfouir dans la mémoire. L'adresse qu'elle vient de découvrir est à deux rues du quartier de la Nouvelle Athènes où habitent George Sand et sa famille, elle ne l'ignore pas.

À brûle-pourpoint elle dit, en ouvrant grande la porte de sa voiture sur le quartier d'artistes et d'aventurières à trois sous qui n'est pas de son monde. Qui, une fois de plus, va l'arracher à elle :

– J'ai donné mission à mon bracelet d'or de vous protéger dans un de vos plus ardus champs de bataille… Vous ne saurez jamais comment.

*

Un déménagement pour un peintre est un cataclysme, pour un quartier c'est un spectacle, et si le peintre est coloriste, c'est un feu d'artifice.

Jamais, rue Notre-Dame-de-Lorette, on n'avait assisté à un tel défilé de charrettes remplies de ballots, d'échelles et de caisses, de toiles géantes chargées sur des tapissières bâchées ; à ces vérifications de mesures, à cette orchestration de manœuvres, sous les ordres précis de celui dont, déjà, le nom est connu de tous.

Eugène Delacroix, depuis, se montre discret. Il sort à pied ou il commande un fiacre. Il a un chat. Une servante effacée qui porte une coiffe. Il salue avec courtoisie. Il reçoit peu de visites.

Les jours passent, l'emportent, il est dans un emprisonnement sans prison : jaillissements ici au son de l'orgue qui inspire ; fulgurances là, aux côtés de l'Italien virtuose dont chaque arrivée est une flambée de gaieté. Repentirs, retouches, retards, exaltation, partout.

Il cherche la lumière dans la tragédie de la mort à Saint-Denis-du-Saint-Sacrement.

Il fait mousser des tons d'azur transparents sur la félicité céleste au Luxembourg.

Au milieu de cette fièvre, sa propre vie a peu d'importance.

Le séjour de l'été à Nohant auquel il rêvait n'a pas eu lieu, le temps du trajet est trop long. Ses amis Villot l'ont reçu quelques jours dans leur propriété de Champrosay, ils ne sont pas rentrés depuis. Les autres non plus. Il les espère. Il est fichtrement seul. Il l'a désiré, évidemment. Mais quand cette solitude ne s'assortit pas de ces « attachements » auxquels il tient, elle le plonge dans le marasme. Le grand Noir est aux aguets, toujours, c'est ainsi. Il est ainsi. Il est hypocondriaque.

D'ailleurs à quoi s'occupent-ils donc tous ? Pourquoi Carlotta tarde-t-elle tant à relancer les fameux repas du square, alors qu'il vient d'emménager pour se joindre à eux chaque jour ! Que fait George ? Solange, paraît-il, a rejoint la troupe à la campagne malgré les affrontements qui se répètent avec sa mère. Discutable, il faut bien le dire, cette idée d'avoir confié pour un temps ce fort caractère à la vieille fille jalouse, ancienne élève de Chopin, Mlle de Rozières, qui jacasse.

Et depuis ? Aucun écho. Il a perdu le fil.

> Vous n'êtes pas gentille du tout. Vous m'aviez promis de m'écrire un peu… Ah Aurore, Aurore ! quelle conduite et vous m'accusez d'inconstance !

Chopin est muet. Ils ne se sont pas revus depuis la sombre *Sonate en mi mineur*, entendue en compagnie de quelques amis polonais dans son salon rempli d'œillets blancs. Au printemps, la mort de son père et celle de Jas Matuszynski, vaincus l'un et l'autre par la phtisie, l'avaient mis dans un état d'hallucination effrayant. Les spectres et les démons des légendes slaves le martyrisaient jour et nuit entre son lit et la cour. *Elle* était à Nohant. Elle l'avait sommé de la rejoindre, et avait convié sur-le-champ sa sœur et son beau-frère à venir passer l'été auprès de lui.

Ils doivent se reposer à l'heure qu'il est à l'ombre délicieuse du petit bois. Sans doute vont-ils être tentés de visiter la capitale ensuite.

En attendant, l'endroit est désespérément vide !

> Je vis comme un ours, je n'ai pas deux connaissances à Paris : tout court, tout se baigne ou chasse. Je me couche quelquefois à 8 heures. À la vérité éreinté de mon travail ; mais enfin j'avance et j'espère que, Dieu aidant, je suffirai à la tâche que je m'étais imposée, et qui m'effrayait tant à Nohant. […] Ce beau Nohant, si beau parce que

vous y êtes; envoyez de ma part à tous ses arbres mes tendresses d'ami. Vous savez comme j'aime les jardins, les fleurs. Je crois que c'est pour ça que je vous aime tant…

Ici rien de ce genre. De la poussière dans l'air, de la pierraille qu'on taille jusqu'à la nuit, des chansons de corps de garde dans le cabaret d'en face. Et, ô délice, chers amis de province, « une magnifique lorette de la grande espèce, toute vêtue de satin et de velours noir qui, en descendant de cabriolet et avec une insouciance de Déesse, m'a laissé voir sa jambe jusqu'au nombril… Je passe sous silence les autres rencontres auxquelles j'ai déjà été exposé et qui me feront peut-être chanceler sur le chemin de la sagesse »…

28

Jolie, gracieuse, courtoise, un teint aux tons de pastel malgré les heures passées dans les chaises de poste, les auberges douteuses, les pluies, les retards inexpliqués et tous les dangers courus pendant le voyage : Ludwika Jedrjzejewicz, la sœur de Chopin. Slave autant qu'on peut l'être. Et ses premières effusions, ses premiers mots à George Sand pour lui dire l'amour de la littérature française que lui a transmis son père.

Pas un instant, elle n'aurait imaginé le raffinement et le confort de la maison. Ni cette chaude lumière dans la chambre du sud où travaille son frère. Ni ce feu que la domestique vient allumer quand il fait frais, ni ces attentions dispensées tout le long du jour.

« Le bon lait, la crème délicieuse » qu'on offre à leur arrivée à tous les hôtes de Nohant, elle les a découverts en même temps que le visage amaigri de Frédéric. Elle avait été prévenue.

Vous allez trouver mon cher enfant bien changé et bien chétif depuis que vous ne l'avez pas vu, mais ne soyez pourtant pas trop effrayés de sa santé. Elle se maintient sans altération générale depuis plus de six ans que je le vois tous les jours. Une quinte de toux assez forte tous les matins ; deux ou trois crises plus considérables et durant chacune deux ou trois jours seulement, tous les hivers. [...] Le bonheur de vous voir, quoique mêlé de profondes et douloureuses émotions, qui le briseront peut-être un peu le premier jour, lui fera pourtant un grand bien...

Un grand bien ? Un infini bonheur, *Szadowolona !...*

Non, en dépit des apparences, il n'est pas brisé. Sa langue, la langue bien-aimée, se fait entendre dans le couloir, au fond du jardin, partout. Il se lève plus tôt pour l'entendre. Il s'en berce. Peu de choses ont changé depuis que Nicolas Chopin, le chef de famille, avait accordé toute liberté à son fils pour accomplir son destin. Le mal physique est là, mais le mal était déjà là au temps des cures à Reinerz. Il était à Varsovie, quand sa mère tentait de « l'engraisser comme un cheval avec des flocons d'avoine ». Peu lui importait à lui cette minceur qui le propulsait avec tant d'aisance dans les improvisations des comédies et des mimes. Le plus souple, le plus inventif de tous dans la cocasserie, c'était lui. Ludwika connaît les étonnantes ressources de son jeune frère.

Magistral à son instrument. Si frêle à l'heure des larmes et des retrouvailles, lorsqu'elle l'a serré dans ses bras.

Et incandescent, son jeu, dans les rafales du Prélude numéro 12, lorsqu'elle s'est assise seule avec lui après le dîner. La nuit était tombée. La porte, ouverte sur le jardin. Le tabac blanc embaumait. Les autres, discrets, écoutaient dehors. Était-ce le deuxième, le troisième jour, elle ne saurait dire, cela s'est fait presque aussitôt, il l'avait demandé, ma sœur et moi seuls tout d'abord, je vous prie.

Viens, ma chérie. Suis-moi au salon, Ludwika ! Je te jouerai tout ce que tu voudras, *lübia moya*, mais auparavant, donne-moi ton rire… Donne-moi l'espièglerie de ton regard, quand je vais faire le pitre en m'installant au piano comme au temps des pantomimes et des charades, lorsque nous sortions dans nos tenues loufoques pour voir danser les ours et passer les girafes dans la foule bruyante de la place. J'étais le seul garçon au milieu de mes trois sœurs. Je variais les tenues, j'inventais des gestes. À chaque nouveauté je volais comme un flocon dans l'air et vous pouffiez. Emily riait avec nous, mais son rire s'étouffait sous les quintes qui secouaient son corps plus léger qu'un duvet de cygne.

Celui-ci, le Prélude numéro 12, je l'ai écrit presque mort, enfermé derrière des seaux de pluie qui ne voulaient pas cesser. Ce sont mes états d'âme, j'en ai composé 24, ordonnés selon les 24 tons de la gamme. J'avais emporté à Majorque *Le Clavier bien tempéré*, celui-là ne me quitte jamais. Depuis, certains se mêlent de mettre là-dessus des titres mièvres de leur invention. Je n'en veux pas, je l'ai dit… Crois-tu que Zwiny, notre maître, se choquerait de cette dissonance ?… Je le revois secouer les grains de tabac à priser sur sa veste. J'entends sa voix. Ses bottes sonner sur le plancher. Je l'entends me reprocher d'écrire trop tôt les Polonaises qui me couraient dans la tête.

C'est toi autant que lui qui avais enseigné le piano et la composition au petit frère.

C'était lui, le petit frère, qui avait annoncé avec enthousiasme au lycée de Varsovie que sa sœur venait de composer une mazurka comme ils n'en avaient jamais entendu.

Les mazurkas sont mes Pologne privées.

Mes cahiers sont remplis des balancements et des pas frappés de cette danse imaginée pour servir la séduction des femmes. À tout moment j'en invente. Je les diffuse au point qu'à travers elles notre pays adoré bientôt s'élargira aux dimensions du monde.

*

Ludowika Jedrjzejewicz et George Sand, instantanément, se sont aimées.

Ludowika, comme tous les hôtes de la maison, a écouté la lecture des pages de la nuit dans la langue française enseignée par son père.

L'œuvre-fleuve qui exalte l'amour de l'art, *Consuelo* et *La Comtesse de Rudolstadt*, est enfin achevée. Voilà six mois que la petite bohémienne, modeste fille du peuple, s'est unie « dans l'éternité » au comte Albert, musicien-poète, voyant inspiré entre génie et folie.

Le chant, la musique ont rayonné tout au long du périple.

Depuis deux ans le public avait fini par se lasser, déconcerté par les longues plongées dans les brouillards de l'occultisme ou quand, étrangement, a résonné la « voix qui parle dans le sommeil ». Mais Dostoïevski lui trouve « une force russe ». Et Tourgueniev, tombé amoureux de Pauline, vénère Consuelo comme une sainte. Quant à Pauline, généreuse et si proche, elle éprouve un tendre attachement envers son double.

Quoi qu'il en soit, c'est fini.

L'aventure a été absorbante, exaltante, George Sand y a été enfouie « jusqu'aux oreilles ». Aujourd'hui, ce qu'elle qualifie de « fatras de rêveries » ne la concerne plus du tout. Les champs et les bois, les gens de ses métairies au travail, lui parlent de campagne et de légendes. Lui soufflent une histoire paysanne où passera la silhouette de Françoise, *La Mare au diable.*

– Allons-y ensemble, Ludowika ! Habillez-vous chaudement, je veux vous faire connaître l'endroit, c'est un petit étang au milieu des marais. À certaines heures, il en sort des vapeurs comme d'un chaudron de sorcière. J'y emmenais Maurice enfant… Il a peint depuis sur le sujet des petits tableaux pleins d'atmosphère

Où est donc Maurice ? On ne l'aperçoit pas.

Maurice est mutique, Maurice s'absente.

Trop de Pologne. Il ne se présente qu'au repas du soir.

29

Chère Louise
[...] Souvenez-vous que je vous aime de toute mon âme, que je vous comprends bien, que je vous mets à côté de Frédéric dans mon cœur...

Ils sont partis. Ensemble ils ont ri, pleuré et plusieurs fois au fond du jardin, chanté. Ils ont lu avec ferveur les poèmes de Mickiewicz qui prophétisent la résurrection de la patrie.

Frédéric a accepté sans réticence de monter sur l'âne pour accompagner les siens en promenade.

En s'en allant, comme Cendrillon à la fin du bal, Ludwika Jedrzejewicz a oublié une de ses pantoufles. Il dorlote la pantoufle sacrée, il travaille les partitions avec le petit crayon tombé du portefeuille de sa sœur. Il tousse un peu moins, les sorties régulières lui ont redonné de la vigueur.

L'été n'est pas encore fini, à la mi-journée l'air brûle dehors. Il se tient à l'intérieur, nostalgique, fermé à tout ce qui se passe, immensément seul, vêtu comme il l'est à Paris, de ces lainages gris anglais, souples et fins, qui ne sont pas de circonstance. Solange rôde. Elle a seize ans, l'éclat, la verdeur. Elle raffole de cette élégance hors de propos de Chopin à la campagne, comme elle raffole de son salon rempli d'aristocrates slaves aux somptueux bijoux quand il l'y invite. À côté de lui, les camarades de Maurice sont des lourdauds.

« Un moment vient où les petites filles ne le sont plus », écrit la mère.

Solange Dudevant ressemble à sa bisaïeule, Aurore de Koenigsmark, qui tint une cour d'amour dans l'abbaye de Quedlimbourg, et fascina Pierre le Grand en lui lisant ses poèmes, habillée en muse. Quand elle passe devant les miroirs, elle se voit très bien faite. Quand elle rentre de ses échappées plus tôt que les autres, la chaleur qui asphyxie la campagne danse dans ses yeux. C'est l'heure des offensives secrètes et des questions qui la taraudent. Chopin est-il encore l'amant de sa mère ?

Avec la visite de Ludowika, il a retrouvé son visage de prince, il est beau. Envers elle, la cadette à l'attention enveloppante, il se montre attentif et tendre. Il ne sait rien lui refuser, et ce que pour l'instant elle désire, plus que tout, c'est qu'il l'initie au théâtre mimé dont ils ont tant parlé avec Ludowicka.

– Vous sursautez, je vous ai surpris ? Alors, le sujet ? Nous le répéterons ici, nous le jouerons à Paris, vous nous accompagnerez au piano. Quel rôle m'avez-vous trouvé ?

– Vous n'avez aucun besoin de moi pour trouver un rôle, vous savez fort bien en inventer toute seule.

– C'est à dire ?

– Que le sens de la comédie vous a été donné de naissance. À propos, à combien de châtelains voisins faites-vous tourner la tête en ce moment ?

– Oh ceux-là, les châtelains voisins, ils crèvent d'ennui, les émouvoir n'est pas sorcier. C'est vous que je veux séduire.

– Ne faites pas l'enfant.

– Je n'en suis plus une, vous avez dû vous en apercevoir.

– Il est vrai que la fillette blonde a grandi en beauté et en grâce… Je me souviens de celle qui boudait les cours de grammaire à Majorque.

– Vous préférez la jeune fille ?

– J'aimerais que la jeune fille travaille un peu plus ses exercices au piano.

– À quoi bon ? Je ne suis pas musicienne ! Comme toujours, ma mère s'est trompée en me confiant à votre élève, Mlle de Rozières. Ma mère ne comprend rien. Mlle de Rozières se moque de la musique, elle ne me parle que des hommes. Il paraît que j'ai la beauté du diable. Inventez-moi un rôle dans une intrigue diabolique à la Mary Shelley, s'il vous plaît.

– Je n'ai envie ni d'y réfléchir ni de trouver ce genre de chose.

– Je pourrais vous y aider.

– Comment ça ?

– Embrassez-moi.

– Je vous en prie, Sol...

– J'aime votre eau de senteur à la violette. Je la suis dans l'atmosphère. Je sais toujours où vous êtes. Tenez, prenez mon mouchoir. Arrosez-le, je dormirai dessus cette nuit. Je vous raconterai mes rêves demain.

– Il m'est très désagréable de vous entendre dire que vous n'êtes pas musicienne.

– Je le dis pour vous blesser. Je vous blesse pour vous provoquer. Je vous provoque pour vous séduire. Nous sommes seuls, ma mère est en promenade. Jouez pour moi, je verrai si je deviens musicienne. Qui sait ?

La petite est habile, perverse. Elle veut être désirée, admirée, aimée et non matée. Elle se veut rivale de sa mère. Ses approches et ses tournoiements arrachent Chopin aux « étranges espaces » où il se dit dériver dans les lettres à Ludowika. *Elle* n'ignore pas le jeu ambigu dans lequel il se laisse glisser. Lorsqu'*elle* y fait allusion, il répond avec un humour cinglant.

Le ton de Chopin change. Il se fait persiflage lorsqu'il cite le directeur de *L'Éclaireur de l'Indre*, ou son jeune collaborateur qui franchit trop souvent à son gré la grille du parc.

Ou tant d'autres briseurs de rêves.

30

> J'ai vu Delacroix qui garde sa chambre. Nous avons causé pendant deux heures peinture, musique, et surtout vous...

Il n'a fallu que le temps du voyage de retour à Paris pour que le sens de l'honneur et la réserve reprennent leurs droits en Chopin.

Dans le square, il a retrouvé son calme et elle peut se soucier de sa santé comme de celle d'un de ses enfants. Si à Nohant tout évolue à une vitesse vertigineuse, il y a peu de nouveau entre le square d'Orléans et la rue Notre-Dame-de-Lorette.

Sinon, travailler.

Sinon, les coups du sort. Sa grippe éprouvante à lui. La mort du général Delacroix, le frère d'Eugène, à Bordeaux. *L'Éducation de la Vierge*, finalement refusée au Salon pour d'obscures raisons. Le méchant rhume d'Eugène qui a traîné un mois, en plus de l'insipide, de la permanente obligation de mondanité que lui vaut son œuvre décorative achevée à la Chambre.

Longs et fastueux dîners chez le ministre où « rien ne se dit ». Temps vide. Il aimerait s'y rendre avec Joséphine, mais leur lien n'est pas officiellement déclaré, il ne sont pas invités ensemble.

Fatigue accrue, il faut parler...

Il paraît que pendant ce temps, là-bas, ils se lancent à corps perdu dans la pantomime. Qu'ils imaginent et cousent des costumes, qu'ils se distribuent des rôles, les voilà lancés ! Lui aussi Chopin, vit, enseigne, compose. La sonate pour violoncelle et piano entre autres. Elle « le satisfait un jour et lui déplaît le lendemain », mais elle n'est pas loin de s'achever, bientôt ils la joueront avec Franchomme.

Quant à la grippe, au plus aigu de la fièvre, la princesse Czatoryska était là, dévouée et affectueuse. Non il n'est pas seul, il n'est pas terrassé par le nouvel assaut du mal. Aux questions insistantes, inquiètes, il rétorque qu'il est remis, qu'il va très bien. C'est faux. Faux comme de composer un Nocturne en plein jour. Il simule, c'est sa part sauvage et c'est sa défense. Lorsqu'*elle* revient square d'Orléans au printemps, la lumière des flambeaux d'argent inonde l'appartement bien tenu, il a mis le valet de chambre au travail et loué les services d'un grand traiteur.

> Hier, Chopin nous a donné de la musique, des fleurs et de la boustifaille. Il y avait le prince et la princesse Czatoryski, la princesse Sapieka, Delacroix, Louis Blanc, etc.

Luxueuse table et grands vins.

Et comme des îles émergeant du flottement de cette soirée entre deux mondes, de nouvelles *mazurkas*, un *Nocturne languido e rubato* qu'elle n'a jamais entendus. Dans ces circonstances-là il triomphe, l'avait-elle oublié au fond de sa province ?

*

Il semble maintenant que la paix du cœur, si elle existe, se trouve à Paris. Plus ailleurs. Chopin ne l'exprime pas ouvertement, il n'en doute pas non plus. Auprès d'Eugène qui sort avec ravissement de la lecture de *La Mare au diable*, qui ne rêve plus que de retrouver les prés verdoyants du Berry, il élude. Mais la certitude a mûri en lui.

Nohant ne sera plus jamais le royaume nacré de la Reine des Neiges où, sous la flamme tremblante d'une bougie, le grincement d'une plume sur le papier lui donnait le pouvoir de voler au-dessus des chemins blancs de son enfance et d'y emporter Aurora-Lever du Jour.

L'esprit de Chopin se perd dans des questions sans réponses.

Pourquoi depuis quelque temps cette bande de gêneurs présente autour d'elle ? Maurice et ses bruyants amis artistes. Augustine, une jolie nièce brune du côté de sa mère, qu'elle vient d'enlever à un milieu dépravé. Le jeune journaliste assistant de Leroux, présent à ses côtés plus souvent qu'à son tour. Et encore ? Solange va se fiancer à un jeune châtelain du lieu, Ferdinand de Préaulx, cela au moins a été annoncé. Les références sont satisfaisantes, le fiancé est de bonne famille. Pour le reste, il l'a appris par ouï-dire.

La crise a couvé tout l'hiver. En plein été, le feu était sous la cendre.

Saisi d'un besoin soudain de « secouer les poussières, la boue, la sueur de Paris », Eugène est venu passer quelques jours. Il a peu marché, il n'a pas peint. « Je suis d'une paresse affreuse, à peine si je lis. » Il a perçu les défis, les stridences dans l'air. Augustine et Maurice s'échappant dans le bois ; les commentaires de Chopin, accusateurs, maladroits, inutiles ; Solange, jalouse de la jeune fille étrangère cajolée par la mère. Et ses silences tendus à elle, son mutisme au fond du fauteuil de jardin…

À son retour, il s'est rappelé avoir chanté des airs du *Don Juan* de Mozart près du piano. L'idée, depuis l'atelier, lui paraît bizarre. Quel malaise fallait-il à tout prix dissiper ? Malaise, ou conscience d'une fatalité suspendue au-dessus de la maison, et que rien ni personne ne semblait plus pouvoir éloigner ?

> Chère, chère amie... J'admire votre stoïcisme de prendre comme vous le faites l'insipidité de la vie, et si ce calme est de la résignation, je vous envie au moins votre masque.

Le grand Pleyel veillait encore, pourtant. Il y avait les dîners sous le lustre bleu. L'odeur du pain chaud sur la table et les promenades entre les chaumières. Rien ne manquait, mais chacun de ces moments avait le charme poignant de ce que l'on va perdre à jamais. Eugène savait qu'il ne reviendrait pas.

Et opaques ont été certaines déclarations, le dernier jour, lorsqu'il a lancé sèchement en s'en allant : « Prière à Maurice de travailler davantage ! »

Et décisive, à ce qu'il vient d'apprendre, la terrible altercation qui a explosé un soir entre

Maurice et Chopin. L'un et l'autre, ils ont menacé de faire leurs bagages. Ce n'est pas le fils gâté qui est parti de la maison confortable. C'est Chopin, grelottant, enveloppé dans des couvertures, sous le froid picotement de la bruine d'automne.

Elle n'a pas cherché à le retenir.

31

Parce que subitement elle a une idée en tête. De grande envergure. Neuve, très personnelle. L'idée ne la lâche plus, c'est à son vieil ami l'éditeur Hetzel qu'elle l'a formulée, il est intéressé.

Par une de ces volte-face subites dont elle a le secret, elle vient de décider de passer tout l'hiver à Nohant pour y écrire les premiers chapitres d'un ouvrage qui la « changera des romans » : l'histoire de sa vie.

Plonger dans les secrets enfouis, retrouver ce qui a tissé sa personne, ce qui l'a habitée depuis la toute petite enfance et l'habitera à jamais. Ce qui vibre encore dans les profondeurs du parc et entre les murs de la maison.

Les atmosphères, les drames, les figures, les rencontres, les grandes émotions.

« C'est presque un prodige comme mes souvenirs d'enfance se réveillent à mesure que j'approche du moment où je vais parler de moi. »

Car en effet tous la sollicitent, l'appel la contraint et la submerge, ils s'avancent en désordre à sa rencontre : personnages, scènes, décors.

La « chère grand-maman », dans son énorme lit à oreillers, à lambris et à panaches, se désolant de la tenue négligée de la petite Aurore aux immenses yeux noirs ; de sa façon hardie de sauter par la fenêtre pour retrouver le jardin, les chiens, les chevaux, le bois, les coquilles d'escargots vides, les mousses sur les cailloux...

Et aussi la lecture à voix haute des *Veillées du château* devant le feu du salon, entendue chaque soir avec délice dans les bras de la mère. Le flot d'images, alors, se projetant de l'imagination de la fillette à l'écran de faille verte éclairé par le jaillissement des flammes. Villes, palais, oiseaux par milliers, fleurs courbant leurs tiges pour s'offrir avec grâce à des papillons voraces.

Et des roses vertes, violettes, noires.

– Les roses noires n'existent pas, mon enfant.

– Si ! J'en ai vu, moi.

– Où donc ?

– Ici.

– Ici ?

– Sur le tissu. Avec des ponts chinois.

– Je n'en aperçois pas. Pourquoi cela, des ponts chinois ?

– Des ponts chinois du pays des fées, et aussi des roses noires.

– Sophie… il faudra donner du tilleul à cette petite avant de la coucher. Elle vit dans ses rêves, son esprit ne s'arrête jamais.

Et alors, au milieu du défilement des rêves et des contes, un séisme, la mort du père.

En pleine nuit, Maurice Dupin de Francueil, violemment projeté par un écart de son cheval Leopardo, butant sur un tas de cailloux abandonné en travers du chemin.

Une semaine seulement après la mort du petit frère aveugle.

La mère et la grand-mère face à face dans la soudaine tragédie. La cohabitation impossible. Le contrat.

Le début de tous les désespoirs…

*

Ces jours-là veillent à la porte de la chambre d'écriture, elle ne brûle que de les rejoindre, mais il ne lui est pas encore donné de s'enfermer avec le « rêve évanoui » de l'enfance.

Elle est mère. Solange s'apprête à faire bientôt son entrée dans la lignée de noblesse provinciale voisine. À « la petite fille qui ne l'est plus » il faut des accessoires pour devenir femme : à foison, jupons de fil, chemises, mantelettes à dentelle, draps et taies chiffrés, devront se déposer avec la dot dans la corbeille de mariage de la fiancée. Ainsi le veut la règle.

> ... Tout le monde bourgeois dit que nous sommes folles et je suis sûre que mes amis républicains vont me jeter la pierre. Je conviens que j'avais prévu pour mon gendre tout autre chose qu'un noble, un royaliste et un chasseur de sanglier.

Royaliste peut-être, le jeune homme. Et aussi très beau de sa personne, « doux, obligeant et bon ». Il ne brillerait pas par sa conversation à Paris, il s'habille comme un garde-chasse et ne songe pas à en changer. Mais la Princesse l'aime, « elle le gouverne » à sa guise, la mère se garde d'autres commentaires.

*

Ainsi comme il se doit, afin de lancer sans tarder les préparatifs, toutes deux ont quitté Nohant avant les prémices du printemps. L'heure, à leur arrivée, est aux achats chez les lingères de qualité et aux sorties dans le monde.

Au Luxembourg, les travaux de la bibliothèque sont enfin achevés. L'édifice resplendit dans ses nouveaux décors, l'accueil est enthousiaste, un public nombreux afflue chaque jour pour les découvrir.

Voici plusieurs semaines que Chopin guette et découpe avec dévotion les articles consacrés à la Coupole. Son état de faiblesse extrême ne lui a pas permis de s'y rendre jusque-là, mais l'arrivée de George l'y décide. À découvrir avec elle les tons d'ambre, de terre et de safran, les indigos, les roses, les vert absinthe, les vert émeraude, en suspension dans l'air, il est émerveillé. L'éclat irisé de l'orbe céleste envoûte les regards. Et sous l'azur translucide où volent de grands aigles circule comme un air des jours de bonheur. Eugène est là pour les accueillir tous deux au milieu de la foule. À les apercevoir encore une fois ensemble, l'émotion le submerge.

Et si tout pouvait recommencer ?

Mais alors, une déflagration, une onde de choc.

Dans la tranquillité du square d'Orléans, un ci-devant cuirassier vient de faire son entrée : Auguste Clésinger, un jean-foutre « marbrier », monté de sa province avec l'intention de s'imposer dans la capitale. Il vient sculpter le buste de la romancière, il découvre sa fille, la beauté sculpturale, le port altier, le corps parfait.

Il demande à la représenter en Diane chasseresse. On agrée à sa requête. Fiévreusement et sans délai, il dénude les épaules, le long cou, la naissance des seins ; il défait l'édifice des cheveux mousseux. Les séances de pose s'étirent interminablement, la Princesse en sort pâle et le feu sous la peau.

Chopin et Eugène se choquent de ces rencontres, Clésinger est buveur, il a un langage de fort des halles, il couve outrageusement la petite du regard. Ni l'un ni l'autre ne supporte sa vulgarité.

Le mal court et court vite, il faut fuir Paris sans attendre. En catastrophe mettre à l'abri l'enfant envoûtée, la ramener lestée des robes neuves et des falbalas du trousseau au fiancé, le vicomte de Préaulx qui l'attend pour fixer la date des noces.

Jamais, square d'Orléans, on n'avait fait les malles avec une telle précipitation. Malgré la fureur de l'intéressée, la mère a tranché, elle ne transige pas, sa décision est prise. Son chapeau, son sac de voyage sont déjà dans l'entrée, deux places pour Chateauroux ont été retenues dans la diligence des Messageries royales.

Un sentiment d'arrachement, d'infinie tristesse, envahit Chopin à l'heure de ce départ éclair. Avec ce train de maison revenu, il commençait à reprendre des forces.

Autour de lui, l'avant-printemps de Paris est acide. En quelques heures, l'appartement de l'étage voisin s'est refermé comme une boîte vide. Dans le petit massif de la cour quelques fleurs commencent à sortir de terre, il ne les voit pas. Ou bien il les voit pâles comme des fleurs de cire. Il l'écrit. Il ne va pas aux brillants dîners qui lui font du bien, ni à l'Opéra. Il n'annule pas ses leçons, elles sont la part de lui qui vit encore.

Sur la table de travail, lumineuse, est posée la Barcarolle. Achevée au cours du sinistre dernier été de Nohant. D'où, de quels limons des profondeurs sont sorties ces harmonies éblouissantes, ce balancement d'une gondole sur les reflets de la lagune, alors qu'au milieu des mots d'accusation et de discorde le désespoir, à certaines heures, lui déchirait le cœur ?

Il ne compose pas depuis la Barcarolle.

Présentement, rien. Eugène passe. Il a acheté une petite maison à Champrosay pour « ouvrir ses volets sur la campagne » mais il rentre la journée à l'atelier. Il vient à tout moment, il a poussé la porte tôt ce matin. À quelle heure, Chopin ne saurait dire, le hasard mène ses journées, il vit dans un temps sans aiguilles.

Eugène, hors de lui, a fait irruption.

– Avez-vous vu ce que je viens de lire dans la presse ? Le mariage de Solange est annoncé, il y a eu substitution sur la personne ! Le jeune de Préaulx est passé à la trappe et c'est le marbrier qui épouse Sol. Cette précipitation est inconcevable ! Aviez-vous au moins été averti ?

– Je viens de l'apprendre. Il paraît que le forban a menacé d'enlèvement. Que Solange est violemment éprise et que ce mariage est sa volonté.

– Solange n'a que vingt ans ! Sa mère se devait de la protéger.

– La protéger ? Je me demande si la mère elle-même n'a pas été envoûtée, voilà la question.

– Par le soudard ?

– Personne au monde ne peut prévoir les foucades d'Aurora, je suis bien placé pour le savoir.

– Tout s'est passé à Nohant ?

– Tout s'est passé à Nohant.

– Vraiment…

Vraiment, oui vraiment, des images affluent que Chopin ne parvient pas à repousser.

Cérémonie champêtre au Pays Noir. Sans sa présence. Le gros cheval bouchonné, enrubanné pour l'occasion. Et son aigrelet de la vielle sur la place, sans doute. Et cortège déployé le long du bois. Et tartes, pâtés, pyramides de galettes, vin pétillant, offerts dans la maison ouverte aux domestiques et aux villageois, c'était ça ? Ou bien bref aparté entre maire et curé, sous l'œil indifférent du père, Casimir Dudevant, revenu distraitement de sa propriété donner sa bénédiction à l'enfant qu'il connaît moins que ses chevaux et ses chiens ?

Il n'a eu aucun écho précis de l'événement. On a ignoré jusqu'à son existence, on n'en a pas davantage avisé Eugène.

Assis devant la cheminée qu'ils ont négligé de rallumer, les deux hommes sont pénétrés d'un froid qui les étreint. L'idée de la blondeur de la petite livrée à ce bouc furieux est insupportable.

– J'ai voulu me faire une idée de ce qu'il crée, je suis allé jeter un coup d'œil aux œuvres exposées par ce Clésinger. Habiles, je dois dire, mais c'est du daguerréotype en sculpture. Il paraît que pour l'exécution de sa *Femme piquée par un serpent*, ce rustre n'a pas hésité à modeler à même le corps du modèle.

– Pensez-vous que ce soit possible ?

– Ça l'est. Et c'est de notoriété publique.

– Eh bien, il va falloir nous y faire ! Nous allons voir vous et moi l'année prochaine le petit derrière de Solange au Salon…

32

Des portes claquées, des cris, des coups, des chiens qui aboient, des domestiques ahuris sortant par discrétion, un témoin occasionnel atterré. La maison a tremblé sur ses fondements. On a frôlé l'assassinat à Nohant, les vannes se sont ouvertes, la vérité se dévoile. On savait la Princesse ambitieuse, audacieuse, on la découvre diabolique.

À peine le mariage achevé, elle est revenue et elle accuse. Elle menace de déclarer en lieu public que la mère l'a négligée, mal aimée, mal vêtue ; que la mère l'a depuis toujours immolée à sa gloire. Elle le proclamera si on n'ajoute à la dot déjà versée les sommes importantes qu'elle entend recevoir. Et si les moyens venaient à manquer, qu'on hypothèque le domaine.

Confusion et stupéfaction, affrontement digne des plus mauvais mélodrames du théâtre des Funambules.

Clésinger, ivre de rhum, a failli assommer Maurice à coups de marteau, *elle* a frappé le marbrier, il l'a atteinte à la poitrine, Maurice s'est précipité avec un pistolet, le curé présent là par hasard les a séparés.

La conclusion s'impose.

> Je ne veux plus les voir, jamais ils ne remettront les pieds chez moi. Ils ont comblé la mesure. Mon Dieu ! je n'avais rien fait pour mériter une telle fille.

Et puis surtout, surtout, que Chopin n'ait pas vent de ce drame, le récit le tuerait.

*

Mais le vent de rageuse discorde ne se calme pas, il traverse les espaces. Il s'amplifie comme la tempête qui arrache les branches mortes et déchaîne ses bourrasques sur tout ce qu'il rencontre.

Solange est rentrée, elle a retrouvé Paris. Chapeautée, en robe de dame, elle est venue s'asseoir près du piano. Elle raconte tout, la voix cassée, l'œil humide. Mais elle raconte à l'envers. Elle dit qu'on l'a chassée ignominieusement de sa maison d'enfance. Que ce crime était dans la pensée de sa mère depuis longtemps, depuis toujours, puisqu'elle n'aime que son fils Maurice.

Elle dit que des intrus ont pris sa place à Nohant, Augustine et « tous ces jeunes gens ».

Vous voyez ? Vous voyez de qui je veux parler, je pense…

Solange connaît Chopin. Elle sait reprendre le fil de ses hantises, de ses exagérations éperdues. Avec des sous-entendus, nourrir les hallucinations de la jalousie. Accomplir ce travail de sape, destituer la mère aux yeux de celui qui l'aime et révère ce qui l'entoure, la désencombre de sa fureur.

Il interroge, elle en rajoute. Il est dans l'effroi.

– Des jeunes gens, ce Victor Borie, le journaliste de *L'Éclaireur de l'Indre*, vous voulez dire ?

– Ce Victor Borie n'écrit plus une ligne sans prendre son avis. Ils passent beaucoup de temps ensemble… Mon Dieu, si vous aviez été là, vous m'auriez défendue ! Je vous en prie, je regrette tant de ne plus vous entendre, jouez pour moi, Frédéric…

Jouer ? Il ne joue pas, l'air lui manque, l'espace se restreint. Il est terrassé, il s'enfonce dans le mutisme, dans des sommeils torpides.

*

Et là-bas, sous la ronde des portraits de famille, la scène est restée. George Sand se cogne à cette invisible résistance, elle en souffre plus que du coup reçu dans la poitrine.

« C'est comme si la mort m'avait enlevé ma fille. »

Solange en partant a emporté du linge et des meubles, elle a raflé les flambeaux d'argent de sa grand-mère, mais le pire n'est pas là. Le pire c'est l'agrégat de mots et de gestes qui demeure et qui brûle sa mémoire.

Et puis, inexplicable, ce silence de Chopin à distance.

Il n'est pas bien du tout. Eugène et Carlotta avaient tous deux mission de veiller sur lui. Personne n'écrit, que font-ils tous au lieu de tenir leurs promesses ? L'angoisse la ronge, elle est malade, ce qu'elle vient de vivre l'a anéantie. Il pleut. Il pleut jour et nuit sur le Berry, les fenêtres du salon ruissellent. Granges et chaumières s'évanouissent sous un brouillard couleur de lait caillé. Dans le désert de la Brande, les sources ont gonflé sous les mousses, il paraît qu'il n'est plus question de le traverser.

Prisonnière… Avec ce silence de Chopin, de jour en jour plus inquiétant.

L'extrême politesse qui est la sienne, le goût qu'il a de la régularité le contraignent toujours à se manifester quand il est loin. Il se peut qu'il soit très mal. Mourant. Qu'il appelle. Atteler, préparer la voiture. Avec un postillon capable, trois chevaux de poste et des lanternes bien pourvues en éclairage, avec l'instinct des lieux qu'elle possède depuis l'enfance, ils passeront, elle a déjà vaincu ce genre de danger.

Les ordres sont précis. On les a exécutés. Les bagages sont prêts, elle va monter dans le cabriolet. À l'instant, la lettre de Chopin arrive.

Écorché vif. Refoulé. Vindicatif.

Il se brise en l'accusant de trahison. Dans l'infinie détresse où il se trouve, il provoque l'affrontement qui le terrorise. Qui le tue.

Quel est ce ton ? D'où sort-il des accusations pareilles ? La surprise, en regard de l'angoisse qui montait en elle à son sujet, la tétanise. Elle n'en peut plus. Pacifiante, indulgente, comment pourrait-elle l'être une fois de plus ? La colère l'empêche de saisir le sens des formules embrouillées de la lettre. Il y a si longtemps que s'est amorcée en elle la décrue amoureuse. Éblouie par la splendeur qui sort de lui, elle l'est encore, mais le lien charnel a disparu. Depuis presque neuf ans, neuf lumineuses et sombres années, elle l'a protégé. Agrandissant pour lui la félicité de vivre ; inventant jour après jour les soins qui lui conviennent, l'exhortant à bouger, à sortir, à sentir l'odeur de la terre et des jeunes pousses. Lui présentant inlassablement le goût des êtres et des choses au-delà de l'aimantation du piano.

Il l'accuse. Il la repousse presque.

George Sand, ses deux chiens trempés sur ses talons, arpente la maison gargouillante de l'eau de ses chenaux. Son regard se pose tour à tour sur la commode blonde offerte aux heures de l'amour, et sur les fenêtres noyées de pluie. À bout de souffle. Se démettre, enfin. Cesser cette lutte constante contre les divagations de Chopin. Oublier le son de sa toux, cette toux qui l'emporte et qu'elle ne supporte plus. Trouver sa propre erre de marche. À quarante-trois ans, avancer dans sa maturité. Seule.

Il faut écrire. Laisser la plume accomplir ce qui doit être accompli, les mots décider pour celle qui la tient. Que l'irrésistible courant des phrases emporte loin d'ici ce que ni son cœur, ni son esprit, ne peuvent se décider à abandonner : la fragilité si grande de l'artiste, de l'exilé, de l'enfant.

Écrire.

33

Rien d'autre ne pouvait plus advenir entre eux que cette lettre de rupture et de cendres.

Dans son désespoir, il l'a provoquée, il le sait. Mais à l'ouvrir, il est terrassé. Une vague d'encre géante a déferlé sur le square. Paris est opaque, Paris est muet, le ciel fermé. Assurer les leçons aujourd'hui sera impossible. Il faut de toute urgence envoyer le valet de chambre prévenir les élèves. Où est Eugène ?

Eugène travaille à l'atelier, il s'affaire à ses nouvelles toiles pour le Salon. Il lâche tout. Il lit, il ne croit pas ce qu'il lit. Chaque mot de chaque phrase le blesse autant que s'il lui était adressé.

« Il faut avouer qu'elle est atroce. »

Est-ce bien d'elle, Aurora, leur « tendre conseillère », ce ton solennel alourdi de mauvaise littérature, pour exprimer ce qui ne s'est pas dit jusque-là et qui soudain se débonde ?

La surprise, la douleur, sont si fortes qu'ils se déchaînent. Dans un âpre besoin de profanation, frères et plus que frères, ils s'acharnent à éclabousser l'icône. Ils l'accusent. Avec fureur, ils brûlent son image. « Bizarre composé de vertus et de vice… Elle n'aime pas en réalité, elle a des éclairs de sensibilité et elle oublie… »

Chopin et Eugène délirent, ils n'ont plus de mesure. Les fées se terrent dans les profondeurs.

Nohant a fermé ses grilles.

Le monde vient de plonger en éclipse.

Désormais, dans la diaphanéité de son corps amoindri, de son esprit distant, si distant qu'il semble indifférent à tout ce qu'atteint la maladie en lui, Chopin s'arrache à la terre. Il vit en songe.

En songe, le concert qu'il donne chez Pleyel en février, cette apothéose fêtée, ovationnée, à laquelle assistent le roi et toute sa famille. L'exécution est d'une beauté admirable, elle « n'est pas terrestre » disent les journaux, les crescendi à la fin de la Barcarolle s'envolent comme des vapeurs d'eau sur le lointain canal. Il faut tendre l'oreille pour les rejoindre dans l'espace où ils s'évadent et ne plus les oublier.

En songe, une semaine plus tard, la nouvelle qui parvient et court de rue en rue dans le vacarme des fusillades et les flammes des incendies. Le peuple de Paris affamé a déferlé sur les Tuileries. On a élevé des barricades. Louis-Philippe est tombé, son trône a été brûlé place de la Bastille.

La République du peuple vient d'être proclamée.

34

L'Histoire s'est mise en marche, son impatience ne cesse de croître, la progression s'amplifie et ne s'arrête plus. Le printemps qui chauffe les pavés exacerbe les affrontements sanglants en ville, ils sont chaque jour plus violents, mais la partie étroite de la rue Saint-Lazare, protégée, reste calme. Sous le porche de la cour d'Orléans, le fracas n'arrive pas.

Il s'y trouve.

Il ne fait que passer, simplement, il est venu prendre quelques effets avant de quitter la France. Chopin n'est plus d'ici ni de nulle part, un brouillard noie ses pensées. Mais la silhouette qui se détache devant lui à contre-jour dans la lumière le rappelle à la conscience du lieu. C'est elle.

Ni lui, ni George ne s'étaient préparés à cette bizarre chorégraphie d'adieu. À cette progression au ralenti, à rebours, lui descendant, elle montant les marches de l'escalier.

À l'instant où ils se croisent, elle lui saisit la main, elle la serre entre les siennes, elle la garde. Les doigts de Chopin ressentent la fermeté qu'il ne retrouve plus qu'en rêve et le retour de cette infinité d'instants où elle le tenait sous l'indicible charme le fait chanceler. Tout son corps tremble. Ses doigts glissent entre les siens. Il s'échappe. Sa voix sans inflexions lui souffle la nouvelle qu'elle ignore.

– Votre fille vient de mettre un enfant au monde.

Douceur déchirante de cette nouvelle au centre de leur marche inversée.

Elle ne savait pas. La surprise, l'émotion la submergent, elle ne peut répondre, en automate elle reprend l'ascension, la cage d'escalier l'absorbe, il ne l'aperçoit plus. Il l'envoie chercher, son essoufflement ne lui permet pas de remonter, mais il doit absolument lui dire ce qui reste à dire. Ce qui leur appartient encore à tous deux, le temps de cette traversée fantôme. Que la mère et l'enfant vont bien. Que la mère a beaucoup souffert pendant la délivrance.

– Avez-vous vu cette petite fille ? Est-elle bien formée ? Est-elle gracieuse ?

– Une jolie petite fille… Jeanne.

– Jeanne… Et vous-même ?

– Moi-même ?

– J'ai appris que votre concert chez Pleyel avait été d'un brio éblouissant, qu'on vous y avait fait un triomphe. Je suis heureuse pour vous. Je vous trouve si essoufflé, néanmoins.

– Je vais bien.

– J'aimerais vous parler sans témoins, il y a eu trop d'interprétations fausses entre nous. Pourrions-nous avoir une conversation dans un lieu quelconque, seul à seul vous et moi ?

Elle attend. Elle lui voit le visage plombé, sa respiration retenue lui suggère qu'il va consentir, mais elle se trompe, c'est l'inverse. La main crispée sur la rampe, le regard rivé au sien, ne sont le fait que de ce corps qui flotte dans l'ailleurs où il s'est retiré, sans intention de retour.

Il sort. De ce dernier frôlement elle ne reçoit que le froid de tout son être.

35

Autour d'eux et de ce qui les sépare, chaque jour diffère de la veille, les chroniques des journaux s'essoufflent à tenter de suivre le cours changeant des événements.

On ne monte plus maintenant au front des barricades, le peuple les a ouvertes. Au son mat et cadencé du tambour, derrière les prêtres en surplis, derrière drapeaux et crucifix levés haut sur l'horizon, avancent des cortèges d'enfants haillonneux, de terrassiers, de paveurs, de charpentiers, de bûcherons, la tête couronnée de feuillage, la pioche ou la cognée à l'épaule en manière d'emblème sacré.

Paris baigne dans la joie mystique de la liberté retrouvée.

Rien ne ressemblera plus à ce qui a été. Dans le square ils sont absents. Chopin est en Angleterre. Eugène fait de son atelier une forteresse. Elle règle ses affaires à Nohant pour rejoindre au plus vite ses amis socialistes à Paris.

Maurice a précédé sa mère. Il voit, il entend, il s'exalte. Rapin ivre de scènes et d'images, il se mêle avec excitation au fracas de la rue, si semblable à son maître lancé dix-huit ans plus tôt dans le soulèvement des Trois Glorieuses qu'irrésistiblement ses pas le mènent rue Notre-Dame-de-Lorette.

Il a frappé, insisté. Il dérange. La servante Jenny défend la porte de l'atelier, elle a des ordres formels, mais du fond de la pièce le maître a reconnu la voix. Il accourt.

– Battre les pavés à cette heure, Mauricot, tu perds la tête ! Rien n'est joué, les hostilités peuvent reprendre, elles reprendront. Tu risques n'importe où de recevoir le coup de baïonnette d'un garde national. Ta mère va être folle d'inquiétude quand elle te saura dans la mêlée !

– Ma mère ne s'étonnera pas de me savoir avec le peuple en marche, j'ai vu des scènes grandioses !

– J'en ai vu moi d'effrayantes !

– Même effrayantes elles sont grandioses.

– Je sais, oh je vois, je vois très bien… tu fais provision de scènes. Les drapeaux, la convulsion des visages, ces prétendus arbres de la Liberté qu'on transporte, qu'on plante n'importe où, tout ça emplit tes tableaux futurs ? Bravo, petit, émerveille-toi. Moi je suis un rétrograde. L'art a besoin de stabilité. Je ne crois plus en l'utilité des révolutions, tout ce que je sais, c'est qu'elles me font remuer le pinceau de travers.

– Avec l'aide du Ciel, celle-ci nous aidera à instaurer l'ordre naturel de la liberté.

– Chimères ! Pierre Leroux, votre grand esprit, a cru trouver la formule avec son « l'homme est né libre ». Rousseau avait déjà proclamé cette ânerie avant lui, on sait ce qui a suivi. Allons, va… sors assister à ton théâtre de rue, n'écoute pas ton sceptique de maître. Pour nous, cela va nous rendre vieux, c'est tout. Je me sens indifférent… tellement indifférent à ce qui arrive…

*

Elle ne l'est pas. Elle s'exalte et elle bénit la Providence.

La majesté de ceux qui défilent en ordre de la Madeleine à la colonne de Juillet, les frères de ses vieux amis de toujours, les Compagnons du Tour de France, les poètes prolétaires, lui fait monter les larmes aux yeux. Derrière l'ondoiement du grand corps en mouvement à travers la capitale bruissent les mots de ses convictions les plus profondes. La tâche qui est à accomplir, elle en connaît l'ampleur, et en ce qui la concerne, ses plans sont tout tracés.

D'un jour à l'autre, rejoindre Louis Blanc et ses acolytes installés au palais du Luxembourg. Prier Ledru-Rollin de nommer officiellement Maurice maire de Nohant. Faire un saut en Berry pour tenter de rallier les Berrichons à la cause. Nohant acquiesce, La Châtre se rebiffe, ne pas s'appesantir sur le camouflet. Regagner Paris, obtenir pour Pauline l'autorisation d'écrire une nouvelle *Marseillaise* digne de ces grandes heures d'exultation. Offrir sa plume et sans attendre, rédiger des circulaires gouvernementales. Ce sera les *Lettres au Peuple*, il y a longtemps qu'elle a mûri cela. L'une d'elles sera adressée à tous les maires de toutes les provinces, elle atteindra Maurice dans sa petite mairie rurale. La fonction lui fera prendre du plomb dans la tête.

> Tu vas recevoir les instructions officielles de ta mère. Ah ! Ah, monsieur le maire, vous allez marcher droit et, pour commencer, vous lirez chaque dimanche un des *Bulletins de la République* à votre garde nationale réunie. Quand vous l'aurez lu, vous l'expliquerez et quand ce sera fait, vous afficherez ledit *Bulletin* à la porte de l'église.

Ni doute, ni frayeur. Elle reçoit ses certitudes d'En-Haut.

La loyauté envers la foi de son enfance la garde de se perdre en hésitations stériles, elle conseille. Ce serait maladroit de chercher à opposer le monde des bourgeois à celui des ouvriers, la question n'est pas là. La question essentielle la hante depuis longtemps, c'est que les ouvriers, comme les artisans, crèvent de dénuement et de maladie. La disparition des protections assurées par l'Ancien Régime, puis la machine folle de l'industrie en développement les ont plongés dans une précarité mortelle. Les élections qui se préparent, au suffrage universel des hommes, ainsi que la Convention l'avait déjà mis en place, vont soulever le couvercle qui les asphyxie.

Mais stupeur, alors. Stupeur et déception extrême. Comment croire à ce résultat qui sort des urnes ?

Les votes ont été régressifs ! Pas un seul paysan élu, des républicains modérés et des notables de province, une petite poignée de socialistes seulement. La peur, la peur viscérale d'un communisme violent et pourfendeur de fraternité, odieux à ses yeux tout autant qu'à ceux des votants, a eu raison de l'espérance qui donnait aux défilés de Paris des airs de pèlerinage sacré.

Atterrée par la nouvelle, elle commente. Ces élections ne traduisent en rien la réalité, vous ne pouvez pas leurrer le peuple avec une fausse représentation !

Quittez vos tribunes, oubliez vos discours. Allez vous perdre dans les venelles, découvrez ceux qui cherchent à genoux des trognons de pommes dans la boue puante des caniveaux. Ceux-là avant toute autre chose, il « faut les aimer et le prouver ». La journée de onze heures, l'abolition du marchandage de la main-d'œuvre ne sont que des débuts. Il faut ouvrir partout dès à présent des ateliers nationaux pour donner du travail aux chômeurs, c'est cela qu'ils attendent… Et méfiez-vous, ne contraignez pas le peuple à descendre dans la rue une nouvelle fois !

Elle incite, elle galvanise. Ses conseils sont péremptoires. Prêtresse, prophétesse, fomentatrice de troubles, ainsi commence-t-on à la voir. Elle gêne. La peur rôde dans tous les bords. De plus en plus, la véhémence de ses *Bulletins* choque, le seizième est un brandon. Dans les rangs des siens on s'écarte et même on l'espionne.

Lâcheté, dénonce-t-elle, vous refusez d'ouvrir les yeux, cela vous arrange.

Mais il est trop tard, le temps s'accélère et peut-être le souhaite-t-elle obscurément.

Peut-être, malgré son horreur du sang, désire-t-elle pousser ce temps aux épaules pour qu'explose au grand jour la vindicte des opprimés. Et justement, une manifestation en faveur de la Pologne permet à ceux qu'on n'a pas entendus jusque-là de s'introduire avec armes et drapeaux à l'Assemblée. Du même élan Louis Blanc, Barbès montent à la tribune et ils déclarent dissoute la représentation nationale.

À l'instant où explosent les applaudissements et les vivats, la garde nationale encercle le Palais-Bourbon. Elle intervient. Elle chasse les émeutiers. Tout est fini, c'est le 15 mai 1848.

36

Nuit blanche. Rues silencieuses jonchées de pavés, de branchages, de drapeaux en charpie, de sacs de sable crevés. Le jour pointe à travers les carreaux de l'étroite chambre d'hôtel, il fait presque clair. George Sand attend des hommes en armes. On doit venir l'arrêter, c'est imminent. Ne pas fuir, elle patiente. L'éclat du jour dans le ciel de mai la ramène à Nohant.

La terre, rien que la terre sur laquelle on fait pousser les récoltes et on élève les bêtes.

Trilles du merle, ciel bleuâtre de l'aube à l'heure où la brume traîne encore au-dessus des champs.

Là-bas, ils s'éveillent. La cuisine doit sentir le bouillon de la veille et les domestiques se tenir sur le pas de la porte, dépossédés, désemparés, en l'absence de Madame. Du fond du salon vide, Aurore de Koengismark, en robe de cour et le sourire railleur, chuchote à distance à celle qui vénère sa mémoire – Aurore, Aurore, folle enfant de ma race, comment as-tu pu croire en l'impossible ? De quelle faillite pitoyable se solde la vanité de ton intervention nationale !

Qui mettent-ils en ce moment à la mairie à la place de Maurice ?

Tous les opposants sont des amis ou des familiers. Avec chacun elle a dansé autour des fagots allumés à la Saint-Jean, traversé les fourrés qui bordent les champs à l'heure où les Invisibles volent sur la campagne endormie. Vont-ils maintenant la considérer comme une ennemie ?

Il est tôt ou il est tard.

À attendre, à ne pas pouvoir s'exprimer, son esprit traverse l'espace. Quelles pensées Eugène nourrit-il en ce moment, le dos tourné aux événements, claquemuré comme toujours en la seule compagnie de son peuple de toiles ?

Quelle conclusion son scepticisme chronique tire-t-il de la précipitation enfiévrée des événements ? Grand bourgeois aux opinions tranchées, artiste dit révolutionnaire et pourtant pétri de culture classique.

A-t-elle aimé Eugène Delacroix ? L'aime-t-elle encore ?

Combien de fois l'envie de rejoindre l'ardeur de celui qui changeait en fleur d'ivoire l'esclave blonde terrassée sur le lit rouge ne l'a-t-elle taraudée ? Combien de fois, dans ses rêveries équivoques du petit matin, ne s'est-elle vue plonger avec lui dans la marée brûlante des indigos et des pourpres qui flamboient dans ses toiles comme l'essence même du désir ?

> J'ai vécu comme vous savez, résistant comme vous savez aux instincts du cœur et des sens...
> Je me suis faite vieille et sage, et même austère avant l'âge où les passions sollicitent le plus...

Depuis quatorze ans à tout propos ils se rencontrent. Chaque fois que naissait le trouble se présentait la pensée de la souffrance slave, de la folie slave. Les mots arrêtés au bord de leurs lèvres parfois s'échappaient dans leurs lettres : « Chère, chère amie, aimez-moi... Je vous embrasse mille fois de cœur, de corps, de volonté, enfin de tout ce que vous me permettez. »

Eugène, mon regard noir, vous êtes pour toujours lié à ma vie, à mes souvenirs, à l'âme de ma maison. La preuve en est ce beau musée privé que votre générosité a enrichi si régulièrement au cours des années. *L'Éducation de la Vierge*, *Le Bouquet de fleurs*, *Lélia*, *Cléopâtre*, *Le Jardin à Nohant*, *L'Arabe chassant le lion* ; morceaux de feu qui m'isolent du froid du monde.

Et les croquis jetés à tout propos sur des supports de fortune quand Chopin était au piano.

Et les pastels.

Est-ce que Joséphine de Forget possède une collection aussi fournie que la mienne ?

Joséphine est une bonapartiste convaincue, si Louis Napoléon est porté au pouvoir, son amant peintre sera placé, il sera élu à l'Institut.

Portes grandes ouvertes pour lui.

Silence, hormis le crépitement du feu dans la cheminée.

Des ébauches de discours, des lettres inachevées, achèvent de se consumer. Ne seront lus, ni réclamés par personne. L'exaltation a vécu. Effacement, mémoire en faillite. Les bonds des flammes se reflètent dans l'éclat du rubis rouge. Ceux du sang de Sophie Victoire, les humbles et les gueux, les habitants des soupentes et des caves, frères et sœurs de Fanchette perdue dans les bois pour être née sans nom ni toit, ceux-là une fois de plus ont été vaincus.

Que font les nouveaux responsables qui ont déjà arrêté Barbès ? Pourquoi n'entrent-ils pas dans la chambre maintenant ? Ils le peuvent, il n'y a pas de clé sur la porte. S'ils tardent à ce point, peut-être finalement s'abstiendront-ils.

Fausses rumeurs. Révolution avortée, désordre et confusion sur tous les fronts.

Un messager discret dont elle n'a pas vu le visage vient de déposer un billet à la porte. Partez, dit le billet non signé, ne traînez pas, trouvez une voiture et un cocher, rentrez à Nohant le plus vite possible.

Ce sont des amis qui veillent.

37

Alors, à la nuit noire, très tard et sans bruit, la voiture a pu s'arrêter à la grille sans éveiller l'attention de quiconque. C'est une chance que tout le monde se couche tôt par ici.

La maison est soignée. Les chandelles changées dans les bougeoirs, un bouquet de narcisses posé sur le piano. Le salon et les chambres semblent figés dans l'attente, ou dans un remords. Maurice est reclus, muet.

Une lettre d'Eugène est arrivée rapidement :

« Vous avez bien fait de partir, on vous aurait peut-être accusée d'avoir fait les barricades. »

Pourtant Eugène se trompe quant à la situation présente, et tous les amis et conseillers aussi.

Quand par hasard elle se risque à sortir, quand elle croise ceux du village, ils la saluent mais dans son dos, ils marmonnent le mot qu'ils écorchent sans le comprendre : « À bas les communisques ! » À plusieurs reprises elle a entendu la phrase. D'où vient cet écho imbécile ? Qui le leur a mis dans la bouche ? Quelle manigance en sous-main d'ennemis personnels jaloux pour que ce Pays Noir si doux, en quelques semaines, bascule dans une fureur vengeresse ?

Elle tire les rideaux. Le soir, des ombres s'agitent derrière les bosquets. Dans la journée, des inconnus s'approchent de la grille. Parfois ils restent là, à observer. Depuis quelques jours on raconte qu'un monsieur de Paris, « le duc Rollin », va réquisitionner les terres, les prairies et toutes les vignes du canton pour les mettre au nom de la baronne Dudevant. Et eux, d'ici, n'auront plus que deux sous par jour pour vivre avec leurs bêtes et leurs enfants.

Le conte s'amplifie monstrueusement, il se répand vite et loin et les langues se déchaînent. Non, Nohant n'est pas un refuge, elle se sent prise au piège. Cet homme, Aulard, le nouveau maire qui a pris la place de Maurice sur décision de l'entourage, elle le connaît bien. Il n'est pas de son bord mais c'est un modéré, il la recevra si elle l'en prie. C'est lui et lui seul qui peut la conseiller, ses jugements ont toujours été pertinents

Consulté en catimini, il décrète sans hésitation, partez, partez vite, vous êtes en danger, j'en ai eu la confirmation. Laissez aux esprits échauffés le temps de se calmer. La tranquillité reviendra mais d'ici là, allez vous établir à Tours. Faites-le discrètement, convenons vous et moi d'un moment, je m'engage à faciliter votre départ.

C'était son intuition à elle, déjà. Confier le Nohant du printemps et ses bosquets en fleurs aux domestiques les plus fidèles, elle peut avoir confiance, ceux-là ne trahiront pas. Elle part. Dans les bagages ses plumes et les premiers chapitres de l'*Histoire de ma vie*, c'est tout ce qui importe. Le père, Maurice Dupin de Francueil, fils de famille adoré, fringant lieutenant amoureux de sa femme, galopant sur les terres de Berry, avant la mortelle chute de cheval.

À Paris on ricane du sujet, on ironise sur la fuite de la romancière. *Le Journal de la mode* annonce que Mme George Sand, chassée de son château, s'installe à Tours avec ses malles, ses meubles et sa boîte à cigares.

Pendant ce temps, dans le salon où les carlins sommeillent sur des poufs de soie rose, Chopin exténué joue des valses pour la reine Victoria.

38

Des fées venues d'Écosse, des fées bienfaisantes en robes de soie puce ou lilas ou myosotis, ont invité sous les hauts plafonds de leur manoir historique le sylphe qui leur enseignait le piano à Paris.

Jane et Rebecca Stirling, deux sœurs fortunées aux gracieux visages, entourent à l'étouffer leur « cher idolâtré ». Elles le comblent de délicatesses. De biscuits au gingembre et de gâteaux aux fraises à l'heure du thé. Elles « l'assomment », c'est franchement insupportable, à le traîner auprès de tout ce qui compte titres, propriétés, chevaux de course et petits chiens dressés à ne pas voler sans autorisation dans le sucrier d'argent. Comment est-il possible de « se cramponner » à quelqu'un à ce point ? À peine le breakfast achevé, elles lui envoient la femme de chambre ou le valet de pied pour proposer un bal, un dîner, une exposition de peinture.

– Est-il vrai que vous allez épouser Miss Stirling ? *Really*?

Il répond bizarrement, personne ne comprend :

– *What's that?* Ils peuvent aussi bien me marier avec la mort.

Mais il joue. Il est la rareté qu'elles désirent montrer partout. En frac et entre deux quintes de toux, il dispense ses fluides paysages aux amateurs de luxe et de superfluités. À Londres et dans les grandes villes d'Écosse, il est accueilli. À Édimbourg, la salle était comble, mais c'était, paraît-il, une assistance invitée par les Stirling. Découragement, lassitude infinie. Les locaux sont très mal chauffés, l'assistance de marbre. La subtile *leggerezza* du jeu qui ensorcelle Paris laisse les insulaires distants, car les insulaires se nourrissent de chasse à courre et de livres sterling plus volontiers que de musique.

Après la reine Victoria si peu musicienne, il a rencontré Dickens. Il a croisé l'humour avec le romancier derrière les vitres embuées du Londres de novembre asphyxié par le fog. Il a tenté en vain de se faire entendre de lady Byron.

> J'ai dû hurler en français dans son oreille comme un porc qu'on égorge. Je comprends pourquoi le pauvre Byron s'ennuyait tant avec elle !

L'épuisement et la purée de pois ont accentué la toux du musicien.

S'arrêter, il faudrait pouvoir. Ne plus être le héros blessé traîné là où il faut être par deux jeunes filles douces et romanesques. La vraie vie se joue ailleurs, elle est tout autre, mais la vraie vie de la passion enfuie n'a plus cours. Et la pensée, s'il s'y réfère, est loin d'être un refuge, c'est une douleur qui déchire le cœur. « Je n'écris pas ces mots, ils martèlent mon cerveau… Cruelle, mon âme te maudit, te repousse, Aurora, tes baisers me brûlent… »

S'étendre, au moins cela, afin de soulager le corps exténué. La fièvre est constante, étale, lutter n'est plus nécessaire. Mais afin de pouvoir se laisser flotter sur les rives brumeuses où viendra battre l'océan de la mémoire, il faudrait d'autres lieux, d'autres présences.

> C'est à peine si je puis me souvenir encore comment l'on chante chez nous… Le monde s'évanouit autour de moi de manière tout à fait étrange…

Il faut retrouver la France, la seconde patrie, de toute urgence.

Prier instamment les « chers aimés », Ludowicka, son mari et sa fille « la deuxième Ludowicka » si délicate, de refaire le long voyage s'ils en ont le courage, mais s'il vous plaît, ne tardez pas.

> … mère Louise et fille Louise, apportez votre dé et votre aiguille, je vous donnerai des mouchoirs à marquer, des bas à tricoter, et vous passerez quelque temps à l'air frais avec votre vieux frère et oncle.

Ne pas perdre l'humour et dans le même temps joindre Grzymala pour le superflu indispensable. Des pommes de pin qui sentent la forêt, à jeter dans la cheminée. Les rideaux bien tirés aussi, je vous prie, les tapis de laine battus, sans la poussière qui fait tousser. Et ces fleurs si humbles, si gracieuses, qu'on ne trouve pas dans la sombre ville de Londres.

> Vendredi, fais-moi acheter un bouquet de violettes afin que le salon embaume. Je veux trouver encore un peu de poésie à mon retour, lorsque je passerai du salon à ma chambre où, sans doute, je me coucherai pour longtemps.

Violettes…

Son faste dépensier de toujours, son goût des splendides décors, ses générosités démesurées à tout propos et envers chacun, ont ruiné Chopin. Les comptes en banque sont vides, il l'ignore, jamais il ne s'est soucié du sujet. Quand la question se présentait, il donnait des cours en plus grand nombre et Franchomme, le violoncelliste ami, était prié de se plonger dans les comptes. Franchomme avisait avec le banquier et tout se résolvait hors de l'intéressé…

Paris, enfin.

Bonheur de tout connaître, de tout aimer des larges perspectives offertes depuis le magnifique appartement de Chaillot loué aux frais des amis et des élèves sans qu'il le sache. Cinq fenêtres dans le grand salon clair et à perte de vue se présentant, Notre-Dame, le Panthéon, Saint-Sulpice, entre de grands jardins. De quoi contempler tout le jour, derrière le défilé des visiteurs.

Sitôt que l'adresse a été connue, ils ont tous été là. Eugène, Solange, Franchomme, le clan des aristocrates polonais, Ludowicka et sa fille arrivées de Varsovie ; Gutmann, plus habile que les autres à soulever le malade sur ses oreillers quand il suffoque. Et des poètes, des banquiers, des femmes du monde, des médecins, des charlatans prétendument détenteurs de remèdes miraculeux.

Il est lucide, très calme, heureux de ce nouvel hébergement serein, mais « brisé de fatigue » par les crises d'étouffement. La légende est aux portes de sa chambre, il sait. Il fait déchirer sous ses yeux les partitions qu'il juge inabouties.

Son œuvre, ce grand chant intérieur ininterrompu où glissent et s'interpénètrent les genres, est achevée.

Dans les textes alchimistes, il est écrit que lorsque le Grand Œuvre touche à sa fin apparaît à la surface une étoile brillante dont les rayons se projettent très loin dans l'espace.

Eugène déserte l'atelier, il est là, affectueux, très proche.

Dans le demi-jour de la chambre, une jeune femme entre, elle marche avec lenteur, elle se penche, Chopin ouvre les yeux, il l'aperçoit, sa distinction et sa grâce l'enchantent, il lui sourit. Le teint translucide, la masse de cheveux blonds rassemblent en un seul visage sa mère, ses sœurs, sa fiancée, toutes les femmes blondes de son enfance. Elle se met à chanter. C'est l'enchanteresse comtesse Delphine Potocka. Ravissante, sensuelle dans les gestes comme dans la voix, elle interprète des airs de Bellini et des Nocturnes de son arrangement.

Entre toutes les élèves qui l'idolâtraient, celle-ci a été l'une des préférées. À la fin de chaque cours il la priait de chanter pour lui seul et elle s'éxécutait, sa présence dans la chambre est surnaturelle. Il est porté, un peu moins essoufflé, un peu moins souffrant, l'envie lui vient de sortir.

– Ne pourrions-nous pas louer une voiture pour une promenade, Eugène ? Pensez-vous que vous auriez le temps ?

Retrouver les rues, les grands cafés, les théâtres, les étals volants des marchands d'oublies et de chansons, les silhouettes des lorettes en course, les fontaines au bord desquelles se posent les oiseaux. Boire en chemin du cordial fort pour résister. Et par-dessus le bruit des roues sur les pavés, se risquer aux questions périlleuses. Où est-elle ? Viendra-t-elle ? Solange sera-t-elle le seul membre de la famille à entrer dans le salon de Chaillot ? Comment sa mère est-elle sortie des menaces de mort au sein du brasier politique que ses écrits ont tellement contribué à attiser ? Ne se doutait-elle pas que sa virulence délibérée allait perdre ce qu'elle prétendait sauver ?

Ils rentrent.

Eugène est là, toujours. Il laisse tout pour venir et il reste. Il est à Chaillot. Il est place Vendôme, la plus belle place de Paris, où soudain on vient de décider de l'emmener pour l'éloigner de l'épidémie de choléra présente dans certains quartiers de la capitale. Le salon est vaste, empli de roses et de violettes, de sucreries de grands confiseurs auxquelles personne ne goûte, de lettres, de billets qui disent amour, admiration, fidélité, posés sur des assiettes d'argent. Le décor de lambris doré est princier, c'est un décor de bal, non de repos ou de fin d'existence.

Si transitoire décor, dans son irréalité, qu'il ne sera sien que quinze jours durant.

– Je n'ai pas très faim, laissons ça. J'aimerais, je vous prie, que vous me lisiez l'article sur le « goût » dans le *Dictionnaire philosophique*.

Beauté.

La beauté est-elle le soin ultime de l'âme ?

Est-elle une rédemption ?

– Vous construirez cette rédemption, vous, Eugène. Un jour vous vivrez dans la sérénité de votre talent. Toutes vos batailles contre la bêtise et l'incompréhension s'effaceront.

Étranges sont ses prophéties quand la souffrance s'apaise.

Eugène doit s'absenter quelques jours. C'est le moment qu'il choisit pour mourir, au milieu des prières murmurées, répétées tout au long de la nuit par l'assemblée recueillie de ses Très-fidèles, dans la langue slave de son enfance.

Épilogue

Sous le regard des Anges

Le ciel de Paris vient de se dégager, les coups de vent glacés qui depuis le matin assaillent la place Saint-Sulpice fouettent le visage des passants.

Elle est entrée. Elle attend. La main appuyée à la poignée de porte qui vient de se refermer sur les profondeurs de l'énorme édifice, elle lève le regard vers les hauteurs. Chapelle des Saints-Anges, la première à droite, lui a-t-on indiqué. Il est là. Il s'agite, un chiffon à la main, la gorge entourée de son éternelle écharpe rouge, vingt pieds au-dessus du sol. Son pas fait craquer les planches. Tapie dans l'ombre, elle l'observe. Il n'a pas changé. Maigre, rapide, le visage magnifique, à plus de soixante ans il se déplace encore avec une souplesse de chat. À présent gloire consacrée, membre de l'Institut, commandeur de la Légion d'honneur, conseiller municipal de Paris, il est devenu, aux yeux des notables, une valeur sûre. Elle n'avait pas attendu ce genre de signes pour reconnaître la fulgurance de son génie.

Voilà dix ans qu'ils ne se rencontrent quasiment plus. Le travail les harcèle, l'énergie est toujours là mais les forces ne sont plus inépuisables. En ce qui la concerne elle, les charges entraînées par l'entretien de Nohant et de tous ceux dont elle assure l'existence la contraignent à des heures d'écriture redoutables pour ses yeux. « J'ai repris mon travail comme un bon ouvrier qui retourne à sa tâche... J'écris toute la sainte nuit. »

– Eugène !

Il fait volte-face, surpris, commotionné par son arrivée. Un frémissement parcourt les doigts posés sur la main courante.

– Ma tendre amie ! Vous êtes venue... mon Dieu...

Ils se regardent. La réalité chavire. Ils se regardent si intensément, de si loin, à l'extrême bout de ce temps habité, de cette mémoire chargée d'échos et de tournoyantes images qu'aucune cause ne pourrait repousser dans l'oubli. Vertigineusement ils se regardent.

– Je descends.

Il s'exécute, il l'embrasse. Tel qu'en lui-même, inchangé. L'énergie de toute sa personne, la pression de son étreinte, ses yeux sombres dans les siens, elle les reconnaît, elle est figée. Perdue dans un déluge de sensations, de regrets, de nostalgie.

Elle dit, le souffle en suspens :

– Vous allez mieux, comme je suis heureuse. Vous avez retrouvé vos échelles ?

– Mes échelles et la vie ! Voilà deux ans que je ne faisais plus que me soigner, depuis quelques mois je suis ressuscité.

– Je vois. Je vous trouve bon visage.

– Cette grande église pleine de revenants est devenue ma maison. J'habite tout près d'ici, je viens chaque jour. Je ne viens pas, je cours. Aussi vite j'allais à vingt ans chez les traîtresses qui pour deux sous m'ouvraient leur soupente. La peinture est ma seule passion.

– Ça, ce n'est pas nouveau, Eugène, vous ne me l'apprenez pas ! Montrez-moi, parlez-moi de ce que vous faites…

La scène en cours d'exécution sur le mur, éclairée par l'unique fenêtre latérale, aimante le regard comme tout ce qu'il peint, toujours.

– *Le Combat de Jacob avec l'Ange*, dit-elle. Le sujet, vous me l'aviez écrit.

Il l'attire d'une main ferme près du mur fraîchement peint.

– Le titre n'explique rien… Plus le temps passe, moins les choses me semblent compréhensibles.

Elle embrasse du regard, au-delà du remous des chevaux au galop, des moutons, de la poussière, le centre de la fresque, cette danse entravée, cette pulsion formidable, les forces bandées de Jacob arrêtées par la calme, par l'inflexible autorité de l'Ange. Ce n'est pas un doux ange de rêve d'enfance. Il est grand, athlétique. Il semble, par un effet de tornade surnaturelle, être sorti du cœur du chêne géant qui l'ombrage, avant que celui-ci n'ait refermé les tentacules de ses branches, de ses écorces et de ses racines.

– L'Ange ne donne aucune explication. Il est là. Quand après la lutte de la nuit, Jacob lui demande comment il s'appelle, il lui répond : Pourquoi veux-tu connaître mon nom ? Et il le bénit. L'effort de Jacob, son espoir de vaincre, se heurtent au silence de l'Ange.

– Est-il un secours ?

– Peut-être.

Elle se tait. Son attention va de lui à la fresque. Il lui sourit. Les larmes lui montent aux yeux.

– J'aimerais vous voir peindre. J'aimais tant cela à l'atelier de Nohant. Oubliez-moi, je m'assieds.

Elle ferme les yeux quelques secondes. Elle entend son pas marteler l'échafaudage. Il est remonté. Il va s'approcher du grand Ange énigmatique sous l'ombre du chêne. Les plissements de la tunique parme sont inachevés, il faut creuser les ombres. Elle ouvre les paupières, elle les contemple face à face, l'être de lumière et le peintre. Lui, frêle. Ce qu'il fait naître, colossal. Il a recommencé à peindre. Elle connaît son attitude, ses gestes, le corps en fièvre, les brusques détentes du poignet, les effleurements rapides, rythmiques, incessants, de la brosse sur la palette.

– Rien ne change, Eugène…

Elle a murmuré, ce n'est que pour elle-même, il ne peut l'entendre.

Un souffle de vent, de vent brûlant sorti du désert parcouru par Jacob et par sa tribu en marche, est entré dans la chapelle des Saints-Anges. Un vent en maraude, couvrant par larges coups les hésitations, les regrets et les errements des hommes. Un vent d'exorcisme, d'amplitude infinie. Elle se sent balayée, fouillée des chevilles à la racine des cheveux par ce vent. C'est alors qu'un son fracassant éclate au-dessus de sa tête. Il emplit la chapelle, s'enroule à sa chaise, aux piliers, aux échelles, à l'enchevêtrement des planches. Quelqu'un, dans l'ombre, est aux grandes orgues. Par ce jeu, ils sont traversés. Ils sont liés, lui peignant fougueusement là-haut, elle tirée hors de son corps par ce son qui l'appelle et la happe. Ils sont en attente, ouverts à quelque chose, une parole ou peut-être un prodige.

Le son écrasant de l'orgue s'est apaisé. Il s'est fait remous, vibration, brise, murmure d'eau courante. Une présence s'approche. Ils la sentent. Il leur semble la voir, ils se regardent l'apercevant à travers l'espace, à cet instant ils pourraient se toucher. Elle est là entre eux, légère, dense, intime et insaisissable, une présence de musique pure qui a pour nom Chopin.

Paris, Megève, Seyssins.

Cet ouvrage a été imprimé en France par
CPI Bussière
Z.I. rue Pelletier Doisy
18200 Saint-Amand-Montrond (France)

pour le compte des Éditions Fayard
en septembre 2019

Photocomposition Belle Page

Dépôt légal : septembre 2019
N° d'édition : 88.8890.7/02 - N° d'impression : 2047507